Josef Kraus

Ruselmord

Kommissar Breslmaier ermittelt, Band, Nr. 1

Josef Kraus

Ruselmord

Krimi im Bayrischen Wald

Bibliografische Information der Deutschen Nationalbibliothek:
Die Deutsche Nationalbibliothek verzeichnet diese
Publikation in der Deutschen Nationalbibliografie;
detaillierte bibliografische Daten sind im Internet
über http://dnb.dnb.de abrufbar.

Lektorat: Hans Direske

Herstellung und Verlag: BoD – Books on Demand, Norderstedt

ISBN: 978-3758365959

Inhaltsverzeichnis

Sämtliche im Buch vorkommenden Personen und Namen sind fiktiv und erfunden. Die Orte und Gebäude sind real und entsprechen den Gegebenheiten.

TAG 1 MITTWOCH

Na ja, eigentlich habe ich ja einen eher ruhigen und angenehmen Job. Aber es kann auch ganz anders kommen, Aber das kann man nicht voraussagen, es kommt wie es kommt.

Ich bin Kommissar Franz Breslmaier, bin 49 Jahre alt, verheiratet und habe zwei Kinder, die beide momentan studieren und daher nicht mehr daheim wohnen, was mich und meine Frau Claudia anfangs doch etwas irritierte: keine endlosen abendlichen Diskussionen, keine Discofahrten oder sonstige Fahrbereitschaften.

Wir wohnen in Deggendorf, einer niederbayrischen Kleinstadt, in einem Reihenhaus in einer angenehmen Wohngegend. Ich kann, wenn ich will, mit dem Radl in die Arbeit fahren. Aber oft will ich einfach nicht. Das Wetter könnte umschlagen, im Radl fehlt Luft im Vorderrad, die Zeit ist zu knapp. Es gibt Gott sei Dank immer einen Grund, warum gerade heute Radfahren nicht angesagt ist.

Und so ein Tag war heute. Also war ich mit meinem Auto unterwegs in die Polizeiinspektion in der Hans-Krämer-Straße. Es war nicht viel Verkehr und ich kam gut voran. Kurz vor dem Polizeigebäude klingelte mein Handy.

Ich nahm das Gespräch an, es war die Zentrale, was ich am Display ablesen konnte.

„Breslmaier", meldete ich mich umgehend.

„Herr Kommissar, hier spricht Frau Unholzer von der Zentrale. Ich habe gerade einen Anruf bekommen. Wir haben eine Leiche, anscheinend ein Mordfall, am Golfplatz auf der Rusel. Ich habe Frau Stöcklgruber, ihre Kollegin, schon informiert. Sie ist schon dorthin unterwegs".

„Gut gemacht Frau Unholzer. Bitte informieren Sie auch noch die Spurensicherung, die Spusi, in Straubing. Brauchen wir unbedingt vor Ort, wenn wir eine Leiche haben. Sonst noch Infos für mich?"

„Nein, momentan nicht. Ich geb ihnen Bescheid, wenn sich noch etwas Neues ergibt".

Frau Unholzer verabschiedete sich und ich wendete mein Auto, setzte das Blaulicht auf das Dach und brauste los in Richtung Rusel. Die Rusel ist ein Berg, der sich gleich hinter Deggendorf in Richtung Bayrischer Nationalpark auf 840 Meter Höhe erhebt, immer schon der Hausberg von Deggendorf mit Skiliften, Wandertouren und allen möglichen Freizeitaktivitäten.

Es war ganz schön viel Verkehr, also benötigte ich etwas länger als gedacht. Oben angekommen, fuhr ich links in die Einfahrt zum Golfplatz. Ich holte mein Blaulicht vom Dach und hielt an.

Frau Stöcklgruber, Philomena mit Vornamen, ich weiß bis heute nicht, wie sie zu dem Vornamen gekommen ist, meine Assistentin und rechte Hand, stand bereits erwartungsvoll vor dem Clubhaus des Deggendorfer Golfclubs. Ich nahm mir vor, dass ich sie deshalb unbedingt mal fragen muss.

„Na da sind sie ja endlich Herr Kommissar. Ich dachte schon, sie kommen nicht mehr", begrüßte sie mich. Sie hatte, wie immer, ein grünes Jackett und schwarze Jeans an, die ihre gute Figur sehr vorteilhaft zur Geltung brachten. Mit ihren 31

Jahren war sie immer noch gut in Form und es wunderte mich immer wieder, warum sie noch ledig war. Aber das war nicht mein Thema heute. Sie war sehr dezent geschminkt und ihre blonden Haare hatte sie zu einem Dutt hochgebunden, was ihrem Gesicht einen wachen und fordernden Ausdruck verlieh.

„Frau Stöcklgruber, wo ist er oder haben wir schon wieder eine Dame als Opfer?" fragte ich sie nachdem unsere letzte Mordermittlung einen Mord an einer jungen Frau in Plattling betraf.

„Nein, nein, Herr Kommissar, diesmal haben wir es mit einer männlichen Leiche zu tun. Die Leute vom Golfclub haben mir schon einiges berichtet. Kommen sie, wir können mit einem Golfcart zum Unglücksort fahren. Die Herren haben mir angeboten, uns dort hinzubringen", bemerkte sie mit einem Blick zu den umstehenden Arbeitern des Golfclubs. Ein Blick, den nur sie beherrschte, dem man nicht widersprechen konnte.

Also setzte sich jeder von uns Beiden in ein Golfcart und wir wurden zur Unglücksstelle gefahren. Da die Sonne inzwischen den leichten Nebel fast komplett vertrieben hatte, war es ein tolles Gefühl, in einem Golfcart über den grünen Rasen zu schweben. Wir fuhren quer über den Platz, der Fahrer, anscheinend der Greenkeeper des Clubs, erklärte mir die Bahnen.

„Das ist der Beginn des Platzes, die Bahn eins und jetzt überqueren wir die Drivingrange", davon hatte ich auch schon mal gehört, dass die Übungswiese so genannt wird „rüber zur Bahn 13. Dort unten, neben dem Grün liegt Herr Brunner."

„Kannten sie Herrn Brunner, und was für eine Funktion haben sie im Golfclub?"

„Ich heiße Hans Kreutl und bin Headgreenkeeper im Deggendorfer Golfclub. Ja, ich kannte Herrn Brunner, er hat ja ein

Grundstück anschließend an die Bahnen sieben und acht und daher hatten wir immer wieder Kontakt. Außerdem war er in letzter Zeit des Öfteren im Golfclub zu Besprechungen und da habe ich ihn doch hin und wieder gesehen".

Jetzt sitze ich schon fast zwei Stunden hier im Hochsitz und warte darauf, dass er endlich erscheint. Es ist immer noch leicht diesig und dunkel. Gott sei Dank hat das Gewehr ein Nachtsicht-Zielfernrohr, so dass ich keine Probleme beim Zielen haben sollte. Ich schaue auf meine Uhr. Halb sechs Uhr inzwischen. Ein bisschen friert mich, ich hätte mich doch wärmer anziehen sollen. Aber was solls. Ist ja bald vorbei.

Ahh, da tut sich was. Ich kann eine Bewegung erkennen. Das muss er sein. Ich hebe das Gewehr, das ich neben mir abgelegt hatte, und schau durch das Zielfernrohr. Ja, das ist er. Ganz deutlich. Er hat sein Gewehr geschultert und ist unterwegs in meine Richtung. Er will sich sicher auf den Hochsitz setzen, wo ich auf ihn warte.

Jetzt habe ich ihn genau im Visier. Er ist noch etwa achtzig Meter von mir entfernt.

Skrupel habe ich keine. Warum auch. Ich bin ganz ruhig und drücke ab.

Der Schuss ist doch lauter als ich gedacht habe. Aber ich habe gut gezielt. Er fällt um wie ein Baum. Ich beobachte durch das Fernrohr, ob er sich noch bewegt. Aber keine Bewegung. Er rührt sich nicht mehr. Ich bin zufrieden, es ist geschafft. Ich schnaufe tief durch. Ich senke das Gewehr, packe es ein, hänge es mir um und klettere vorsichtig vom Hochsitz herunter. Gut, dass ich meine kleine Taschenlampe mit dabei habe, denn es ist immer noch dunkel und das Grass nass.

Jetzt nur noch das Gewehr beseitigen und dann ist der Job erledigt. Aber da habe ich schon eine Idee.

Wir fahren die Bahn 13 bergab. Ich muss mich festhalten, da es doch ganz schön hin und her schaukelt.

Der Bemerkung von Herrn Kreutl, dass Herr Brunner öfters im Golfclub vertreten war, hänge ich noch etwas nach. Das muss ich noch klären. Aber später. Hat noch Zeit.

Schön ist es hier – und ruhig. Golfen ist vielleicht doch nicht so abwegig. Kann man sich ja mal überlegen. Vielleicht hat ja Frau Stöcklgruber auch Lust dazu. Meine Frau, Claudia, habe ich früher schon mal gefragt. „Ist nichts für mich" war ihr kurzer Kommentar.

Wir sind inzwischen am Fundort der Leiche eingetroffen, der rechts vom Grün 13 (habe ich im Fernsehen gehört, dass man das so nennt) und in Richtung eines kleinen Betonbunkers liegt.

„Herr Kreutl, können sie mir sagen, was das für ein Gebäude ist?" will ich von ihm wissen und zeige auf das kleine, graue Gebäude.

„Das ist unser Pumpenhaus. Von hier aus werden sämtliche Fairways und Grüns mit Wasser aus dem Teich, der rechts vom Pumpenhaus liegt, versorgt". Ich gebe mich mit der Information zufrieden. Mehr wollte ich nicht wissen.

Die Spurensicherung aus Straubing ist bis jetzt noch nicht eingetroffen, sollte aber in den nächsten dreißig Minuten vor Ort sein.

Frau Stöcklgruber ist schon in Richtung Tatort unterwegs. Ich möchte mir zuerst das Mordopfer anschauen und gehe ihr hinterher. Herr Brunner hat eine grüne Jägeruniform an und liegt auf dem Rücken in Richtung Grün 13. Die Kugel ist frontal in den Kopf eingetreten. Kein schöner Anblick. Er muss sofort tot gewesen sein. Aber das wird uns alles die Spurensicherung und die KTU ausführlich mitteilen. Das reicht mir für den Augenblick. Ich gehe wieder zurück. Frau Stöcklgruber bleibt vorerst bei der Leiche um vielleicht doch noch etwas mehr zu finden.

Normalerweise ist so ein Fundort großzügig abgesperrt. Ich spreche mit dem Polizisten vor Ort und gebe ihm entsprechende Anweisungen, damit keine unerwünschten Personen zu nahe an den Fundort kommen. Es könnten ja noch Spuren vorhanden sein.

Mich verwundert als erstes, dass vier Polizisten vor Ort sind.

Ich spreche den mir am nächsten stehenden Polizisten an, ich kenne ihn flüchtig. Er ist aus Deggendorf und heißt Huber, oder Gruber oder so. Ich versuche es mit Gruber. Ich möchte von ihm wissen: „ Herr Gruber, warum sind so viele Polizisten vor Ort? Können sie mir das erklären?"

„Ja", sagt er „das sind die zwei Kollegen aus Regen. Der Tote liegt nämlich mit dem Oberkörper im Landkreis Deggendorf und mit de Haxn im Landkreis Regen. Und deshalb wurden auch die Kollegen aus Regen verständigt. Jetzt muss eigentlich erst festgestellt werden, wer überhaupt zuständig ist. Wer das entscheidet, weiß ich auch nicht. Haben sie eine Idee, Herr Kommissar?"

„Das ist gar nicht so einfach", erwiderte ich „ich denke, das muss die Staatsanwaltschaft entscheiden. Bis dahin lassen wir alles so wie es ist. Ich werde mit unserem Staatsanwalt Herrn Doktor Hofer Kontakt aufnehmen. Der soll das dann mit seinem Kollegen in Regen entscheiden. Stimmts Frau Stöcklgruber?" Frau Stöcklgruber hatte sich in der Zwischenzeit wieder zu uns gesellt.

„Ja, da haben sie recht Herr Kommissar. Aber es sollte nicht zu lange dauern, denn wir müssen so schnell als möglich mit den Ermittlungen beginnen, ob wir oder die Kollegen aus Regen zuständig sind. Wer wäre denn in Regen der Ermittler?" bemerkte sie.

„Der Kollege Hiergeist, Kommissar Hiergeist. Den werde ich jetzt vorab informieren, damit er nicht überrascht ist, wenn Staatsanwalt Doktor Hofer ihn anruft", sage ich, ziehe mein

Smartphone aus der Tasche und suche die Nummer der Polizeiinspektion in Regen. Sollte ich eigentlich eingespeichert haben. Ah ja, da ist sie. Es läutet dreimal und eine angenehme Frauenstimme meldet sich:

„Polizeiinspektion Regen, Frau Krankl am Telefon, Sie wünschen?"

„Hier spricht Kommissar Breslmaier aus Deggendorf. Würden sie mich bitte mit dem Kollegen Hiergeist verbinden?"

„Ja sofort Herr Kommissar. Ich schau mal, wo er gerade ist. Einen Moment bitte".

Die Verbindung wird unterbrochen und eine sanfte Klaviermusik gibt mir zu verstehen, dass ich auf meinen gewünschten Kommissar noch etwas warten muss.

„Hiergeist, hallo Herr Breslmaier, hallo Franz", schallt mir eine bekannte Stimme entgegen. „Was kann ich denn für dich tun? Wir haben uns ja lange nicht mehr gesehen. Ich denke, das letzte Mal war es bei der Fortbildung in München, aber das ist auch schon knapp zwei Jahre her. Wo kann ich helfen?"

Ich erklärte ihm den Sachstand und teile ihm mit, dass ihn Staatsanwalt Doktor Hofer in dieser Angelegenheit anrufen wird.

„Das ist aber nett, dass du mich vorab informierst. Ich denke, wenn du schon am Fall dran bist, solltest du auch den Fall übernehmen. Ich kläre das bei uns im Haus mal ab und geb dir Bescheid. Ist das für dich in Ordnung?"

Natürlich war das für mich in Ordnung. Ich bedankte mich bei ihm und rief Staatsanwalt Doktor Hofer an. Er wollte sich umgehend mit dem Kollegen in Regen kurz schließen, ließ aber schon durchblicken, dass er für die Ermittlung in diesem Fall gerne uns hätte.

Schon nach circa zehn Minuten kam das Einverständnis der Kollegen in Regen. Herr Doktor Hofer hatte mit dem zuständigen Staatsanwalt in Regen telefoniert und sich mit ihm entsprechend geeinigt. Wir konnten jetzt loslegen. Wurde auch Zeit.

Zunächst wollte ich nochmal mit dem Headgreenkeeper Herrn Kreutl reden. Also ging ich zu ihm und fragte ihn:

„Herr Kreutl, ich hätte noch ein paar Fragen an sie. Können wir uns irgendwo hinsetzen, wo wir uns in Ruhe unterhalten können?"

„Ja klar Herr Kommissar. Im Clubhaus oben ist genug Platz. Wenn sie wollen gibt es auch einen Kaffee".

„Na das klingt doch sehr verlockend. Ich muss nur noch kurz mit meiner Kollegin reden. Bin gleich bei ihnen".

Ich suchte Frau Stöcklgruber. Sie war nochmal bei der Leiche und machte ein paar Fotos mit ihrem Handy, da die Sonne inzwischen die restlichen Schlieren entfernt hatte und daher das Licht zum Fotografieren perfekt war. Ich ging zu ihr und erklärte ihr, dass ich mit Herrn Kreutl oben im Clubhaus zur Vernehmung bin, da doch einige wichtige Fragen noch offen sind. Frau Stöcklgruber sollte in der Zwischenzeit am Tatort bleiben, bis die Spusi aus Straubing eintrifft, was in den nächsten Minuten passieren sollte und dann zu uns ins Clubhaus stoßen.

Wir fuhren mit dem Golfcart den Weg zurück, den wir vor einer halben Stunde bergab gefahren waren. Das Clubhaus war ein der Gegend angepasster Bau mit viel Holz und einem Schindeldach. Sehr schön. Nicht übertrieben, sehr einladend.

Herr Kreutl meinte: „Sollen wir uns auf die Terrasse setzen, oder doch lieber in das Sitzungszimmer?"

„Ich denke, das Sitzungszimmer wäre ideal, obwohl die Terrasse schon verlockend wäre. Aber wir sollten uns doch in Ruhe unterhalten."

Also gingen wir die Treppen hoch in das Sitzungszimmer des Golfclubs, nicht ohne vorher bei der Bedienung zwei Kaffee bestellt zu haben. Das Sitzungszimmer war großzügig mit einem großen Tisch in der Mitte und mehreren Stühlen darum angeordnet. Wir setzten uns, ich am Stirnende und Herr Kreutl neben mir.

„Herr Kreutl, ich hoffe, sie haben den Golfplatz gesperrt, damit keine Golfer die Arbeiten vor Ort stören können. Ich denke, das sollte bis Mittag beendet sein."

Er nickte zustimmend.

„Ein paar Fragen habe ich noch. Wie sie bereits mir mitteilten, kannten sie Herrn Brunner. Wann war er denn das letzte Mal hier? Wann haben sie ihn zuletzt gesehen?"

„Heute ist Mittwoch …. es war am Montag früh so gegen 8 Uhr früh. Der Präsident des Golfclubs und sein Vize waren zu einem Gespräch mit Herrn Brunner hier im Clubhaus."

„Wie heißen denn die Herren?"

„Der Präsident ist Herr Sepp Oberhuber und sein Vize Herr Sigi Hauser."

Ich notierte mir die Namen in meinem kleinen Notizbuch, das ich immer griffbereit bei mir hatte.

„Was hatten die Beiden mit Herrn Brunner zu besprechen? Können sie mir dazu etwas sagen?"

„Ich bin natürlich nicht so im Thema drin, aber man erfährt ja so einiges nebenbei. Das alte Ruselhotel, gegenüber von unserem Golfplatz, will ein Investor abreißen und neu aufbauen, mit Wellness und was eben heute so üblich ist. Wäre für uns als Golfclub natürlich wie ein Sechser im Lotto. Wir haben ja einen direkten Zugang, einen Tunnel unter der Straße, zum Hotel. Wurde vor Jahren für die Skifahrer gebaut. Und wenn nun Jemand dort ein neues Hotel baut, dann haben wir natürlich mehr Gäste und damit mehr Einnahmen. Vermehrtes Greenfee, die Trainer, die Gastronomie, alle würden davon profitieren. Und wie ich erfahren habe, war die Voraussetzung zum Bau des Hotels, die Erweiterung des Golfplatzes um neun Löcher, also auf 27 Löcher. Und dazu benötigte der Club einen Teil der Grundstücke von Herrn Brunner.

Aber wenn sie mehr wissen möchten, müssten sie doch mit unserem Präsidenten, Herrn Oberhuber, sprechen."

„OK, werde ich machen. Noch eins: war Herr Brunner am Montag in seiner Jägerkluft bei der Besprechung? Und was für uns noch sehr interessant wäre: welches Auto fährt er?"

„Ja, Herr Brunner war im Jägergewand. Er kam frisch von der Jagd, wie er mir sagte. Sein Auto steht jetzt am Parkplatz draußen, ein grüner Suzuki mit Ladefläche hinten. Da das Auto so speziell ist, schließt er es eigentlich nie ab, was wir vom Club ja alle wissen. Es ist auch nie etwas passiert. Wer will schon ein Jägerauto." Er verzog leicht seine Nase.

„Vielen Dank Herr Kreutl. Geben sie mir bitte noch ihre Handynummer damit ich sie bei Bedarf erreichen kann." Er diktierte mir seine Handynummer und ich gab ihm meine Visitenkarte. Er verabschiedete sich mit einem freundlichen Lächeln von mir. Übrigens war der Kaffee, den ich nebenbei trank, sehr empfehlenswert. Er tat richtig gut. Er gab viel Energie und die konnte ich jetzt brauchen.

Gerade als ich aufstehen wollte, kam Frau Stöcklgruber zur Tür herein.

„Ah, sind sie schon fertig", bemerkte sie. „Gibt es etwas was ich wissen sollte?"

„Ja und nein", entgegnete ich. „Ich weiß jetzt ein bisschen mehr über Herrn Brunner. Aber wir müssen unbedingt mit dem Präsidenten vom Golfclub reden. Herr Brunner war in Verhandlung mit dem Club wegen seines Grundstücks, das der Club dringend benötigt. Aber vorher sollten wir jetzt noch mit dem Herrn reden, der die Leiche gefunden hat. Hatten sie schon Kontakt zu ihm?"

„Nein, bisher nicht. Aber ich weiß schon, wie er heißt: Hans Tritschler."

Also rief ich Herrn Kreutl an und bat ihn, uns den Herrn Tritschler vorbeizuschicken. Er kam auch umgehend nach etwa fünf Minuten. Herr Tritschler hatte, wie alle Mitarbeiter des Clubs, eine grüne Latzhose und ein grünes Jackett an. Er war etwa 35 Jahre alt und hatte dichtes, braunes Haar sowie einen Dreitagebart.

„Herr Tritschler", begann ich das Gespräch „ sie haben heute früh Herrn Brunner, das Mordopfer, gefunden. Können sie uns kurz den Vorgang kurz beschreiben? Und ist ihnen etwas ungewöhnliches aufgefallen?"

Herr Tritschler überlegte kurz und antwortete: „Ich bin um sieben Uhr, wie jeden Tag, mit dem Golfcart in Richtung dreizehntes Grün gefahren um die dort in der Nähe installierten Pumpen zu überprüfen. Rechts von Grün lasse ich immer das Cart stehen und gehe dann zu Fuß in Richtung Pumpenhaus, da der Weg dorthin doch etwas morastig und schwer befahrbar ist. Es war noch etwas diesig und so habe ich die Leiche erst im letzten Augenblick gesehen. Ich wäre fast darüber gestolpert. Er hatte ja seine Jägerkleidung an und war kaum vom Untergrund zu unterscheiden. Ich beugte mich zu ihm hinunter und stellte aber schnell fest, dass er tot war. Kein Puls, kein Schnauferer. Also rief ich Herrn Kreutl über das Handy an. Alles Weitere wissen sie ja von Herrn Kreutl, oder?"

„Vielen Dank Herr Tritschler. Ich denke, das sollte vorerst reichen." Wir verabschiedeten uns von ihm, ich stand auf und sagte zu Frau Stöcklgruber: „Na Herr Tritschler konnte uns auch nicht weiterhelfen. Keine neue Information. Mina, wir fahren jetzt zu Frau Brunner nach Bischofsmais. Mal schauen, was sie uns berichten kann. Außerdem müssen wir ihr noch die traurige Mitteilung über den Tod ihres Mannes überbringen. Ist ja immer wieder eine undankbare Aufgabe. Aber es muss ja sein."

Sie nickte zustimmend.

Wir gingen zu meinem Auto. Das Auto von Frau Stöcklgruber konnte stehen bleiben. Wir wollten es beim Zurückfahren mitnehmen. Das Auto von Herrn Brunner, der grüne Suzuki, stand unweit von meinem. Ich musste Frau Unholzer vom Präsidium noch informieren, dass die Spurensicherung sich auch das Auto von Herrn Brunner unter die Lupe nehmen sollte.

Frau Unholzer wollte das gleich weitergeben. Sie war nicht nur die Telefonistin in der Zentrale. Sie war auch unsere Hilfe im Büro, wenn es darum ging, Nachforschungen, telefonisch oder über das Internet anzustellen.

Wir fuhren über Hochbruck nach Bischofsmais. Da ich dort einen ausgezeichneten Metzger wusste, hielten wir dort noch kurz an, um uns etwas zum Essen zu holen.

Es war inzwischen fast halb ein Uhr und daher hing meine Magen schon richtig durch und eine Leberkässemmel würde ihn sicherlich neu beleben. Frau Stöcklgruber wählte eine Wurstsemmel, wegen der Kalorien meinte sie mit einem Zwinkern. Na ja, mir egal, auf jeden Fall war die Leberkässemmel erste Sahne. Noch schnell die Brösel aus dem Jackett geklopft und schon saßen wir wieder im Auto.

Die Adresse, die ich von Frau Unholzer bekommen hatte, St. Hermann Weg 5, hatte ich in mein Navi eingegeben und daher war es kein Problem, das Haus von Familie Brunner zu finden.

Ich parkte meinen Audi in der Garageneinfahrt. Es war ein gut gepflegtes Grundstück mit einem einstöckigen Holzhaus, das sich gut in die Umgebung fügte. Wir gingen zur Eingangstür und ich klingelte.

Nach kurzer Zeit wurde die Tür geöffnet.

Eine dunkelhaarige Frau, geschätztes Alter um die fünfzig, gut gekleidet, in einem dunkelroten Kostüm, wandte sich an mich und fragte mich: „ Ja bitte".

„Sind sie Frau Brunner, Frau Marlies Brunner?"

„Ja, das bin ich. Was ist denn los? Was wollen sie von mir? Wer sind sie?"

„Mein Name ist Franz Breslmaier. Ich bin Hauptkommissar der Polizeiinspektion Deggendorf. Das ist meine Kollegin, Frau Stöcklgruber. Können wir bitte reingehen?"

Frau Brunner hielt uns die Türe auf und wir gingen in den Vorraum. Frau Brunner machte die Türe zu und ging voraus in einen Gang, von dem mehrere Türen abgingen. Sie machte eine der Türen auf und bat uns doch in das Wohnzimmer einzutreten.

„Möchten sie etwas zu trinken? Kaffee, Tee oder Mineralwasser?" Sie blieb in der Türe stehen, um zu sehen, was wir wollten.

Wir verneinten und baten sie, sich hinzusetzen.

„Liebe Frau Brunner. Wir haben ihnen etwas sehr trauriges mitzuteilen. Ihr Mann ist heute Früh auf der Rusel erschossen worden. Wir gehen davon aus, dass er ermordet wurde. Mehr kann ich ihnen leider dazu noch nicht sagen. Wir stehen noch ganz am Anfang unserer Ermittlungen. Unser beider Mitleid. Wir wissen, wie sie sich fühlen. Es tut uns sehr sehr leid."

Frau Brunner wirkte erschrocken, doch sie fasste die Nachricht sehr ruhig und irgendwie diszipliniert auf. Sie wischte mit ihrem Handrücken über ihr Gesicht und legte die Hände in ihren Schoss. Sie schaute mich fragend an: „wie konnte denn das passieren? Mein Georg tot? Ich versteh das nicht ...."

„Frau Brunner, ein paar Fragen hätten wir natürlich schon. Sind sie dazu in der Lage, oder sollen wir später nochmal wieder kommen?"

„Nein, nein, sie können mich schon fragen, es geht schon."

„Frau Brunner, wann und warum ist denn ihr Mann heute aus dem Haus gegangen, Was wollte er denn so früh?"

„Mein Mann ist, oder war, Jäger. Er wollte heute Wildschweine jagen und er hat ein Revier auf der Rusel. Dort besitzen wir ja auch ein Grundstück, das haben wir von meinen Eltern geerbt. Es ist ein großes Waldgrundstück mit ein paar kleineren Wiesen dazwischen. Und dort geht mein Mann auf die Jagd. Die Wildschweine machen ihm immer wieder Probleme. Sie haben sich im Bayrischen Wald in den letzten Jahren sehr vermehrt. Und deshalb ist er heute früh, so gegen 5 Uhr aus dem Haus gegangen. Wenn ich gewusst hätte, dass ich ihn lebend nicht mehr sehe, hätte ich mich sicherlich ganz anders verabschiedet. Aber so …".

Sie schluchzte leise und strich mit der Hand das kleine Deckchen glatt, das auf dem Tisch vor ihr lag. Ihr Blick fiel auf ein Bild, das auf der Kommode vor dem Fenster stand: ich nahm an, anscheinend ein Hochzeitsbild.

„Dann hat ihr Mann sicherlich auch ein Gewehr, oder?" wollte ich von ihr wissen.

„Natürlich hat er. Aber er hat sogar zwei Gewehre, eins für die Wildschweinjagd und eins für die Rehwildjagd. Wollen sie die Gewehre sehen? Ach ja, es ist nur noch eines da, weil er ja das andere sicher mit dabei hat."

Nachdem ich genickt hatte, stand sie auf und führte uns in ein Arbeitszimmer. Ein Schreibtisch mit Monitor, ein Bücherregal und verschiedene Ordner waren im Raum verteilt, sowie jede Menge Jagdtrophäen an der Wand. Alles machte einen sehr ordentlichen Eindruck. Sie zeigte auf einen rechteckigen, grauen Kasten an der Wand.

„Das ist der Waffenschrank von meinem Mann. Der Schlüssel dazu liegt normalerweise im Schreibtisch in der zweiten Schublade von oben."

Ich ging zum Schreibtisch und fand den Schlüssel wie beschrieben in der zweiten Schublade neben weiteren Schlüsseln. Der Schlüssel für den Waffenschrank war entsprechend beschriftet und so konnte ich ihn damit öffnen.

Ich machte den Schrank auf. Wir erschraken alle drei: der Waffenschrank war leer.

„Frau Brunner, können sie mir das erklären?"

„Nein Herr Kommissar, da fehlen mir die Worte. Normalerweise ist immer mindestens eine Waffe im Schrank. Ich kann mir das nicht erklären." Frau Brunner wirkte richtig konsterniert.

Was war da los? Warum sind beide Gewehre weg? Wurde Herr Brunner mit dem eigenen Gewehr erschossen? Viele ungeklärte Fragen. Das wurde ja immer eigentümlicher.

„Frau Brunner, ich denke, das wird sich schon klären. Ich gebe ihnen Bescheid, sobald ich etwas Neues weiß. Ich gebe ihnen noch meine und Frau Stöcklgrubers Visitenkarte damit sie uns anrufen können, wenn ihnen noch etwas einfallen sollte."

Wir verabschiedeten uns von ihr und fuhren mit einem komischen Gefühl in Richtung Rusel. Ich denke, und das fühlt man, Frau Stöcklgruber ging es genauso. Wir hingen beide unseren Gedanken nach. Auf der Rusel, am Golfplatz, angekommen stieg Frau Stöcklgruber aus, da sie ja mit einem eigenen Auto unterwegs gewesen war. Und so wir fuhren beide in Richtung Deggendorf zur Polizeiinspektion, wo sie ihr Auto abstellte. Wir hatten beschlossen, dass wir als nächstes mit dem Präsidenten des Golfplatzes reden sollten und so stieg sie zu mir in mein Auto.

Es war inzwischen fast 3 Uhr und wir fuhren in Richtung Hengersberg. Von Frau Unholzer hatte ich im Vorfeld bereits die Anschrift von Herrn Oberhuber per E-Mail bekommen. Wir wollten von ihm wissen, was Herr Brunner mit dem Golfclub zu verhandeln und zu besprechen hatte.

Ich hatte uns telefonisch angemeldet und so wurden wir auch schnell zu Herrn Oberhuber vorgelassen.

Herr Oberhuber war ein graumelierter, gemütlicher Mann mit listigen aufmerksamen Augen. Ich schätzte ihn so auf etwa 65 oder älter. Sein Büro war geschmackvoll möbliert. Ein großer Blumenstrauß stand am Nebentisch, in der Besprechungsecke, wo er uns auch bat, uns zu setzen. Frau Stöcklgruber setzte sich neben mich.

„Wollen sie etwas zum Trinken?" fragte er mich als erstes. Ich verneinte und wollte sofort zum Thema kommen. Ich hatte viele Fragen, die mich sehr beschäftigten.

„Herr Oberhuber, vielen Dank, dass sie sich Zeit genommen haben. Ich bin Hauptkommissar Breslmaier und das ist meine Kollegin, Frau Stöcklgruber. Wir sind von der Kriminalpolizei aus Deggendorf und ermitteln im Mordfall Brunner."

Wir zeigten ihm unsere Ausweise. Er warf einen kurzen Blick darauf und meinte: „Mordfall Brunner? Was ist denn da passiert? Wie kann ich ihnen helfen?"

„Sie kannten Herrn Brunner. Wie uns Herr Kreutl bereits berichtete, waren sie mit Herrn Brunner wegen seines Grundstücks in Verhandlung."

„Ja, das stimmt. Wir hatten mehrere Besprechungen in dieser Angelegenheit. Er war der Einzige, der uns zur Erweiterung des Golfplatzes noch fehlte. Er wollte partout nicht verkaufen oder vermieten. Daher probierten wir immer wieder, ihn zu überzeugen oder zu überreden, doch endlich mit uns eine Einigung zu erzielen. Leider bisher erfolglos. Geld war in diesem Fall nicht entscheidend." Er schnaufte tief durch. Sein Blick fiel auf Frau Stöcklgruber, die soeben ihren Notizblock aus ihrer Jacke hervorzog.

„Sie haben nichts dagegen, wenn mich mir ein paar Notizen mache?" meinte Frau Stöcklgruber.

„Nein, nein. Natürlich nicht. Machen sie ruhig. Ich habe nichts zu verbergen, zumindest in dieser Angelegenheit nicht", merkte er süffisant an.

Ich musste mehr von ihm wissen. Ich musste tiefer bohren. „Haben sie Herrn Brunner unter Druck gesetzt? Sie brauchten ja unbedingt sein Grundstück, wie ich sie bisher verstanden habe, denn sonst würde das gesamte Projekt scheitern. Und das wäre für den Golfclub nicht gerade positiv. Habe ich Recht?"

„Ja, natürlich. Ohne sein Grundstück können wir den Golfplatz nicht auf siebenundzwanzig Löcher erweitern und das ist die Voraussetzung für den Investor und sein Projekt. Aber unter Druck gesetzt? Nein. Wir konnten ihm nur ein höheres Angebot machen und das machten wir auch. Ein erheblich besseres Angebot."

„Ändert der Tod von Herrn Brunner ihre Ausgangslage? Wie steht der Golfclub momentan finanziell da? Wer verhandelt nun mit Ihnen und gibt es in diese Richtung einen neuerlichen Versuch?"

Herr Oberhuber griff nach seinem Glas mit Mineralwasser und trank einen kräftigen Schluck. Ich denke, er brauchte einen Augenblick um die richtigen Worte zu finden.

„Na wissen sie", fuhr er fort. „ Die momentane Situation im Golfclub ist nicht besonders gut. Wir sind, wie die meisten deutschen Golfclubs, überaltert und die Zukunft ist eher angespannt. Wir müssen uns für die nächsten Jahre neu aufstellen und daher war der Investor und seine Investition in ein neues Hotel für uns wie ein Sechser im Lotto. Leider weiß ich momentan nicht, wer der Erbe von Herrn Brunner ist, oder wer jetzt mit uns über das Grundstück verhandeln kann oder darf. Aber ich kann ihnen sagen, was Herr Brunner uns selber mitteilte: dass sowohl seine Frau, aber auch sein Sohn, den Gesprächen mit uns eher positiv gegenüberstehen. Was ihn sehr erzürnte, aber uns natürlich in die Karten spielen würde."

„Also profitieren sie vom Tod des Herrn Brunner?" wollte ich wissen.

„Ja, ich denke schon. Aber wie gesagt, das ist momentan alles noch nicht spruchreif."

Ich nickte Frau Stöcklgruber zu und sie nickte zurück. Das sollte heißen: wir sind fertig. Aber, sie hatte noch eine Frage:

„Herr Oberhuber. Bei ihrer letzten Besprechung am Montag war Herr Brunner vor ihrer Zusammenkunft beim Jagen. Er kam also frisch von der Jagd. Hat er irgendetwas erzählt, was er gejagt hat? Wildschweine oder Rehe?"

Herr Oberhuber überlegte kurz „Er sagte etwas von Rehen. Aber er war an dem Tag erfolglos unterwegs. Genauso wie wir mit unserem Gespräch mit ihm."

„Wie lange dauerte die Zusammenkunft, die Besprechung?"

„Etwa eine halbe Stunde. Wir waren dann schnell fertig. Wir haben das Angebot erheblich erhöht. Aber trotzdem gab es keinen Fortschritt. Er war nicht interessiert. Leider. Wir waren natürlich sehr enttäuscht."

Frau Stöcklgruber bohrte nach. „Hatten sie denn die anderen Genehmigungen schon eingeholt? Ich kann mir vorstellen, dass man für so eine Erweiterung schwierige und sicherlich langwierige Genehmigungsverfahren einleiten muss."

„Oh, sie kennen sich aus", nickte Herr Oberhuber anerkennend in ihre Richtung. "Ja, es war sehr schwierig für den Ausbau die Genehmigungen zu bekommen. Wir liegen ja im Bayrischen Nationalpark und das macht die Sache nochmal schwieriger. Wasserrechtliche Verfahren, das Abholzen von bestehenden Baumbeständen, Biotope, der Eingriff in die Natur, seltene Pflanzen, Tiere die in dem Bereich vorkommen, all das war zu bedenken. Aber wir hatten die Genehmigungen, auch wenn es, besonders von einer Person, noch Einsprüche gab, die uns das Vorhaben nochmal verzögern, oder schlimmstenfalls, sogar hätte verhindern können. Aber der Landkreis, oder die Landkreise mit den zuständigen Landräten Röhrl und Bernreiter, da unser Golfplatz ja in zwei Landkreisen liegt, der Tourismusverband Ostbayern, alle waren engagiert und unterstützten uns wo es nur ging. Und dies sollte alles umsonst gewesen sein? Aber ich denke, jetzt sind die Karten neu gemischt und wir werden sehen."

„Danke Herr Oberhuber" bemerkte Frau Stöcklgruber und stand auf. Damit war alles gesagt und wir verabschiedeten uns von Herrn Oberhuber, nicht ohne ihm noch unsere Visitenkarten zu geben.

Wir gingen zu meinem Auto und setzten uns hinein.

Beim Anschnallen drehte mich zu Frau Stöcklgruber: „Mina, die Frage was Herr Brunner am Montag gejagt hat, habe ich nicht verstanden" bemerkte ich.

„Tja, wenn er am Montag das Gewehr, mit dem er wahrscheinlich erschossen wurde, was wir aber erst nach der Untersuchung durch die Spusi und die KTU sicher wissen, im Auto liegen hatte, so war es doch für einen Mitarbeiter des Golfclubs ein Leichtes, die Waffe aus dem unverschlossenen Auto mitzunehmen. Für mich ist der Golfclub der einzige Profiteur des Todes von Herrn Brunner. Was meinst du?"

„Genauso habe ich auch überlegt. Ich denke in dieselbe Richtung. Aber irgendetwas stimmt noch nicht, sagt mir mein Bauchgefühl. Wir brauchen noch mehr griffige Argumente. Momentan haben wir noch zu wenig. Wir fahren jetzt erst mal zurück und fragen bei der KTU nach, ob sie uns schon etwas berichten können. Übrigens, was hältst du davon, wenn wir heute nach der Arbeit zum Otto gehen? Auf eine Currywurst?"

Beim Erwähnen derselben begann mein Magen zu knurren. Auch der wollte befriedigt werden. Aber das hatte noch Zeit.

„Gute Idee", meinte Frau Stöcklgruber. „Du hast doch ab und zu auch gute Ideen, Franz. Ich bin gerne dabei."

Natürlich sind Frau Stöcklgruber und ich per Du. Aber wir haben uns darauf geeinigt, dass wir im Dienst per Sie sind. Privat duzen wir uns. Wir ermitteln bereits seit über zehn Jahren und haben uns aneinander gewöhnt. Ich kenne ihre Marotten und sie meine. manchmal denke ich, ich kenne sie besser als meine Frau. Aber das ist ein anderes Thema.

Wir fuhren zurück nach Deggendorf in das Präsidium. Es war inzwischen halb vier Uhr und Zeit für eine erste Besprechung und einen Kaffee. Wir mussten unsere bisherigen Ermittlungen erfassen und die Erkenntnisse der Spusi und der KTU mit einarbeiten.

Gleich neben meinem Büro, das ich mir mit Frau Stöcklgruber teilte, hatten wir einen etwas größeren Raum mit einem Pinboard, Beamer und Leinwand. Unser Besprechungsraum mit Blick in Richtung Donau. Dort saßen wir nun. Jeder mit einer Tasse frischen Kaffees. Ich ging zum Pinboard, holte mir einen Stift und begann, die Namen der wichtigen, in dem Fall verstrickten Personen, aufzuschreiben:

Herr Georg Brunner

Herr Sepp Oberhuber

Herr Hans Kreutl

?

„Mehr haben wir bis jetzt nicht" bemerkte ich.

„Sollten wir nicht zuerst bei der Spusi und der KTU nachfragen, was die gefunden haben?" wollte Frau Stöcklgruber wissen.

„Da hast du recht. Hätte ich fast vergessen. Ich rufe gleich mal an."

Ich schnappte mir mein Handy und rief in Straubing an. Die zuständige Person bei der Rechtsmedizin, Frau Doktor Krankl, gab mir den momentanen Stand der Untersuchung mit. Auch das Auto von Herrn Brunner hatte die Spusi mit untersucht. Ich gab mich mit dem Stand zufrieden. Die schriftlichen Unterlagen sollten wir morgen per Post bzw. heute per E-Mail zugeschickt bekommen. Ich bedankte mich bei Frau Doktor Krankl und wendete mich an Frau Stöcklgruber:

„Also … " begann ich mit einem tiefen Seufzer

„Leider nichts unbedingt Neues. Herr Brunner wurde mit der im Auto gefundenen Waffe erschossen. Kein Zweifel. Der

Schuss wurde vom Hochsitz aus circa achtzig Metern abgege-
ben. Es fehlte eine Patrone, was für einen geübten Schützen
spricht. Er war sofort tot. Sein Handy wurde ausgewertet.
Auch nichts, was uns weiterhelfen könnte. Aber es wurden
einige gelöschte E-Mails gefunden. Aber ob die wieder hergestellt werden können. Sehr zweifelhaft. Ich denke eher nicht
und ob die mit unserem Fall zu tun haben, wissen wir ja auch
nicht. Übrigens war das Auto von Herrn Brunner, wie von
Herrn Kreutl schon gesagt, unversperrt am Parkplatz gestan-
den. Sehr leichtsinnig. Wer stellt schon ein Auto ab in dem
eine Waffe liegt und sperrt es nicht ab?"

Ich setzte mich an den großen Tisch zu meinem Kaffe und
zu Frau Stöcklgruber.

„Mina, was meinst Du?" Ich konnte mich meistens auf die
Meinung von Frau Stöcklgruber verlassen. Sie hatte einen
wachen Verstand und eine gute Einordnung. Sie dachte etwas
anders als ich. Jetzt war ich gespannt, wie sie den Fall einordnen würde.

„Viel haben wir wirklich noch nicht. Da wäre der Tote,
Herr Georg Brunner aus Bischofsmais,   ein unbescholtener
Ehemann und Jäger, der ein Grundstück hat, das der Deggendorfer Golfclub unbedingt braucht. Aber dafür einen Mord
begehen? Die Herren vom Golfclub, das sind doch alle sehr
honorige Personen. Einen Auftragskiller engagieren? Sicher
nicht. Aber einen Mitarbeiter beauftragen. Das könnte ich mir
unter Umständen eher vorstellen. Denn vom Tod des Herrn
Brunner hat nur der Golfclub einen Vorteil. Haben wir bei
Familie Brunner schon mal nachgefragt wegen einer Lebensversicherung? Was war Herr Brunner von Berufs wegen?
Vielleicht stand er im Beruf unter Druck. Wie war sein Um-
gang mit den Jägerkollegen? Ein Revier hat man ja nicht immer nur für sich. Wer weiß. Oft sind es so Nebensächlichkei-
ten, die einen kaltblütigen Mord auslösen. Mitarbeiter im
Golfclub? Da sollte Frau Unholzer, die Karin, mal nachbohren.

Vielleicht stößt sie ja auf eine Spur. Die Mordwaffe haben wir. Aber das Motiv fehlt uns."

Sie hatte natürlich recht.

„Gut zusammen gefasst. Wir werden Karin beauftragen, hier einmal nachzuforschen. Die kann das am besten. Ich frage mal, ob sie einen Moment Zeit für uns hat."

Ich rief umgehend in der Zentrale an.

Zehn Minuten später klopfte Karin an unserer Tür. Sie trat ein. Karin war Anfang vierzig und seit Jahren unsere bewährte Zuarbeiterin. Sie war sehr sportlich und hatte eine gute Figur, die sie auch sehr vorteilhaft präsentierte. Die Telefonzentrale, in der sie arbeitete, war daher für viele Kollegen ein begehrter Treffpunkt.

„Hallo Karin, schön dass du Zeit für uns hast. Konntest du denn so einfach weg?" begrüßte ich sie.

„Wir haben doch seit einer Woche eine Praktikantin und die muss einfach mal lernen selbständig meine Stellung zu übernehmen. Sollte funktionieren. Ist eine sehr intelligente junge Frau. Und so habe ich jetzt Zeit für euch, außer es kommt ein Hilferuf. Dann muss ich schnell zurück. Aber fangen wir an. Was kann ich für euch tun?" bemerkte sie.

Ich ergriff das Wort. „Karin, du solltest für uns folgendes durchleuchten: Herr Georg Brunner aus Bischofsmais, wohnhaft in der St. Hermann Weg 5, ist heute früh am Golfplatz auf der Rusel erschossen aufgefunden worden.. Wir möchten nun Folgendes wissen: was war Herr Brunner von Beruf, mit was verdiente er sein Geld, wie war sein Lebenslauf, gab es irgendetwas Besonderes, das wir wissen sollten? Gibt es eine Lebensversicherung? Dann zum Deggendorfer Golfclub: wie ist der momentane finanzielle Stand, hat der Club Schulden, ist er vielleicht sogar überschuldet, gibt es bei den Platzarbeitern eventuell schwarze Schafe, gibt es im

Vorstand Jemanden, den man mit dem Mord in Verbindung bringen könnte? Wie war sein Verhältnis zu seinen Jagdkollegen? Gab es irgendwelche Probleme im Revier? Jeder Hinweis kann wichtig sein. Mina hat dir alles kurz notiert, damit du strukturiert vorgehen kannst. Wir bräuchten deine Info bis morgen früh um 7 Uhr. Nächster Besprechungstermin. Einverstanden?"

Frau Unholzer war damit einverstanden, auch wenn die Zeit ziemlich kurz war. Aber sie wollte sich sofort darum kümmern. Sie nahm noch die Notiz von Mina mit und verließ den Besprechungsraum.

„Schon ein bisschen knapp in der Zeit" meinte Mina."Aber wenn es jemand schafft, dann sie."

Ich informierte noch den Staatsanwalt, Herrn Dr. Hofer, zum jetzigen Stand unserer Ermittlungen. Er mahnte noch einen schriftlichen Bericht darüber an, aber meinte auch, dass dies nicht so dringlich wäre, die Ermittlungen haben absoluten Vorrang.

Es war inzwischen fast sechs Uhr und wir waren doch beide etwas erledigt und ausgelaugt und beschlossen daher, unseren Entschluss, zum Otto zu gehen, jetzt in die Tat umzusetzen.

Wir stellten das Auto am Parkplatz beim Finanzamt ab und gingen in Richtung Bierstüberl. Eigentlich sagt niemand ´Irlbacher Bierstüberl`, was die offizielle Bezeichnung für die Gaststätte mit Biergarten ist. Jeder sagt und kennt es als Otto, früher wurde es nach seiner Mutter, der Else, bezeichnet. Aber die ist seit Jahren verstorben und daher ist jetzt der Otto der Wirt und das Bierstüberl heißt Otto.

Wir gingen in den rückwärtigen Teil des Gebäudes, den Biergarten. Es war inzwischen knapp nach sechs Uhr und es waren auch schon einige Tische besetzt, obwohl Otto erst pünktlich um sechs Uhr öffnet. Aber so ist es eben. In-Kneipen sind immer gut besucht, vor allem bei so einem Wetter. Wir setzten uns in den hinteren Bereich an einen Vierertisch.

„Schau mal Mina, dort drüben sitzt der Hans mit Frau, von dem könnte ich dir viel erzählen." Ich schaute in seine Richtung und winkte ihm zu. „Kennst du schon die Geschichte, wie er die Sängerin Anni-Frid, nicht die blonde, sondern die rothaarige von ABBA ..."

Sie unterbrach mich und meinte „Ach Franz, die hast du mir schon zigmal erzählt. Natürlich kenn ich die und auch die anderen."

Damit war die Sache für mich leider erst mal geklärt und in dem Moment kam Otto an unseren Tisch und wir bestellten die obligate Currywurst mit der Geheimnis umwobenen Currysauce seiner Mutter Else und Pommes Frites. Dazu für Mina einen Weißwein und für mich ein Radler. Vino di casa bianco.

„Sag mal Franz. Ich möchte ja nicht auch in unserer Freizeit über unseren aktuellen Fall diskutieren. Aber es beschäftigt mich und ich muss darüber reden."

„Mina, mich beschäftigt er auch. Aber lass uns erst mal essen, dann reden wir darüber, einverstanden?"

Sie nickte zustimmend.

„Übrigens Mina, habe ich für Samstagabend Karten für den Kapuzinerstadl. Du kennst doch die Deggendorfer Band 'Horseapple'. Sie haben ein neues Programm eingeübt und ich kenne den Gitarristen, der war der Englischlehrer meiner großen Tochter im Comenius Gymnasium. Und die Musik, die die machen, ist einfach grandios. Geh doch mit. Wäre doch eine schöne Abwechslung. Außerdem fällt mir da die Geschichte ein, wie ich mit meiner Frau Maria im Fasching in Offenberg mit der Band..."

„Stopp Franz, die Geschichte kenn ich schon, aber zu dem Konzert würde ich gerne mitgehen. Ich glaube, das tut wirklich ganz gut, wenn man wieder mal auf andere Gedanken kommt und den Kopf frei bekommt. Aber ich habe nichts zum Anziehen und außerdem wo bekomme ich die Karte her?"

„Die Karte kann ich dir gerne besorgen. Ich kenne da Jemanden vom Kulturamt. Die rufe ich gleich an. Nicht, dass du deine Karte nicht bekommst, wenn du schon mal mitgehst. Und wegen dem 'Nichts zum Anziehen` kann ich dir auch behilflich sein. Ich kenne da jemand aus Lalling, die bei einem Modehersteller, bei Firma NON, kennst du doch bestimmt, arbeitet und zuhause günstige Mode anbietet. Kann ich dich natürlich gerne vermitteln. "

„Natürlich kenne ich die Firma NON. Machen tolle Mode. ich habe auch schon einige Teile von ihnen. Sehr gute Qualität. Freue mich."

Ich rief zunächst meine Bekannte vom Kulturamt für die Karte umgehend an und sie reservierte mir eine Karte auf meinen Namen für Samstagabend an der Kasse. Der nächste Anruf ging nach Lalling bezüglich Firma NON. War natürlich kein Problem und der Kontakt war hergestellt. Und Mina wird für Samstagabend perfekt eingekleidet.

Kaum hatte ich das Handy weggelegt kam der Chef selber, Otto, auch schon mit unserer Bestellung. Mit Genuss aßen wir beide unsere Currywurst mit Pommes. Jetzt erst merkte ich, wie hungrig ich war.

Nach dem Essen war reden angesagt. Es musste einfach nochmal über den aktuellen Fall gesprochen werden.

„Weißt du Mina," begann ich, „was ich nicht verstehe. Warum sollte der Golfclub so ein Risiko eingehen. Es ist doch viel zu offensichtlich, dass nur er einen Vorteil aus dem Tod von Herrn Brunner hat. Oder haben wir etwas übersehen? Etwas, das wir noch nicht einordnen konnten? Wer hat noch einen Vorteil von seinem Tod? Wer hatte so einen Hass auf ihn, dass er ihn erschießen konnte? Ich habe keine Idee. Was denkst du?"

Mina sah mich vielsagend an und legte los: „Franz, ich bin genau deiner Meinung. das mit dem Golfclub ist mir zu logisch, zu einfach. Da ist meiner Meinung nach noch etwas anderes im Spiel. Aber was könnte das sein? Ich weiß es nicht. warten wir mal ab und schlafen drüber. Auf jeden Fall war das heute Abend eine gute Idee zum Otto zu gehen. Machen wir gerne wieder".

Es war in der Zwischenzeit im Biergarten sehr voll und dementsprechend laut geworden. Außerdem hatte mich der Tag ganz schön geschlaucht. Daher tranken wir noch aus und ich fuhr Mina nach Hause. Sie wohnte nicht weit von mir entfernt und es war daher auch kein Umweg für mich.

Ich warte auf Frau Würzinger – die Pistole habe ich bereits entsichert in meiner Manteltasche, Patronen sind geladen. Es sollte also nichts mehr dazwischen kommen. Ich bin bereit.

Ich hatte ihr von meinem Prepaid- Handy, das ich vor einiger Zeit in Straubing gekauft habe, heute Nachmittag eine SMS geschickt: **Wir müssen reden! Ruselhotel, heute Abend, 22 Uhr. Zimmer 106.**

Eigentlich sind alle Eingänge wegen Einsturzgefahr verrammelt. Aber es gibt einen über den Keller. Hier haben irgendwelche Halbstarke die Türe ausgehebelt und somit kommt man in das Gebäude. Ich bin mir sicher, Frau Würzinger weiß das. Alle wissen das. Sie wohnt ja gleich daneben. Hoffentlich kommt sie auch, sonst wäre alles umsonst. Und alles fliegt auf, wenn sie …..

Jetzt höre ich ein Geräusch. Schritte, die sich nähern. Weibliche Schritte. Das hört man am Klang der Schuhe. Gott sei Dank. Sie kommt.

„Danke, dass sie gekommen sind" begann ich das Gespräch. Meine kleine Taschenlampe hatte ich auf den Boden gestellt und

eingeschaltet. Sie warf ein unheimliches Licht auf uns. Ihr Gesicht bestand nur aus Licht und Schatten.

Ich wollte sie zunächst in Sicherheit wiegen. „Ich weiß, dass sie mich gesehen und erkannt haben. Aber ich weiß nicht, was sie nun vorhaben, wie sie das Gesehene verwenden wollen. Möchten sie mich nur unter Druck setzen oder was haben sie vor?“

„Ich will sie für den Mord am Georg büßen lassen. Ich will Genugtuung. Ich weiß, dass ich ihn nicht mehr zurückholen kann. Ich habe ihn geliebt und sie haben ihn mir genommen.“ Sie schluchzte und wischte sich über die Augen.

„Ich weiß, aber ich konnte nicht anders. Ich musste es tun. Und ich muss noch etwas erledigen“ sagte ich sehr betont und laut. Es hallte in dem alten Gebäude wider. Dabei zog ich langsam die Hand mit der Pistole aus der Manteltasche, zielte auf ihren Kopf und drückte den Abzug durch. Sie blickte mich starr an, ohne eine Bewegung. Es knallte furchtbar laut, aber es war auch ein gutes Gefühl, dieses große Problem aus der Welt geschafft zu haben. Ich nahm die Taschenlampe vom Boden auf und schaute mir Frau Würzinger nochmal an, sicherlich das letzte Mal. Ihr Gesicht schaute mich fragend an, als ob sie daran zweifeln würde, was gleich passiert. Aber es ist passiert und ich habe ein gutes Gefühl. Mein zweiter Mord und ich habe keine Skrupel deswegen. Ich suche noch nach ihrem Handy. Sie hat es in ihrer Tasche. Ich nehme es heraus, es ist eingeschaltet und gesperrt. Ich benötige ihren Zeigefinger zum Freischalten und das klappt auf Anhieb. Ich schaue mir ihre SMS an und finde meine an sie geschickte SMS. Ich gehe auf löschen und stecke ihr das Handy wieder in ihre Tasche. Ich habe alles erledigt und schleiche mich aus dem Raum, hinunter in den Keller, raus ins Freie.

———————————

Wir trafen uns im Besprechungszimmer. Es war 7 Uhr morgens und ein schöner, strahlender Tag kündigte sich an. Mina saß bereits am Tisch, mit einer frischen Tasse Kaffee. Sie sah wieder verdammt gut aus. Im Gegensatz zu mir. Der momentane Fall hat mich doch etwas mitgenommen. Der Schlaf heute Nacht war nicht unbedingt erholsam. Zu viel Gedanken, Ungereimtheiten, Unklarheiten.

„Mina, holst du mir bitte auch eine Tasse Kaffee? Kann ich jetzt gut vertragen"

Mina stand auf und kam mit einer Tasse frischem, dampfendem Kaffes zurück.

„Soll ich bei Karin nachfragen?" meinte sie.

Kaum hatte sie es ausgesprochen, da kam Karin auch schon zur Tür herein. Wir begrüßten sie beide mit einem gutgelaunten Hallo. Sie setzte sich uns gegenüber und kam auch sofort auf den Punkt:

„Also, ich habe doch, bedingt auch durch die kurze Zeit die ich hatte, Einiges wichtiges herausgefunden.

Punkt 1: Herr Georg Brunner. Er hat Werkzeugmacher gelernt, ist aber seit fünfundzwanzig Jahren Versicherungsvertreter für die Allianz in Bischofsmais. Das Geschäft geht ganz gut, er hat einen großen Kundenstamm und verdient ganz einträglich. Er kann gut davon leben. Er war von 1985 bis 89 beim BGS in Deggendorf. Er ist im September ausgeschieden und hat dann als Versicherungsvertreter angefangen.

Punkt 2: Zu den Jägern: mit denen hatte er allen ein gutes Einverständnis, soweit ich das in der Kürze der Zeit ermitteln konnte. Die waren natürlich alle geschockt von seinem Tod.

Punkt 3: Der Golfclub steht finanziell auf gesunden Füßen. Er hat noch Schulden, die werden aber langfristig und jährlich abbezahlt. Also nichts Dramatisches. Er hat etwa sechshundert Mitglieder.

Punkt 4: Zu den Platzarbeitern habe ich etwas Interessantes gefunden: sie haben fünf Platzarbeiter und einen Headgreenkeeper. Den kennt ihr ja schon, wie ich weiß. Ein Platzarbeiter, Herr Bohuslav Sobrotschick, hat einen Eintrag in unseren Akten wegen Körperverletzung und Widerstand gegen die Staatsgewalt. Das ist zwar schon ein paar Jahre her, aber ich denke, da sollte man kurz mal nachfragen. Das war alles, was ich rausfinden konnte."

Ich bedankte mich bei Frau Unholzer für die Infos und sie verabschiedete sich umgehend. Die Zentrale war ja nur mit der Praktikantin besetzt und morgens war doch immer viel los.

„Nun Mina, was meinst du? Informationen die uns weiterbringen?"

„Ja, ich denke schon", erwiderte ich. „Diesen Sobrotschick sollten wir uns auf jeden Fall vornehmen. Vielleicht ist ja was dran."

Da klingelte das Telefon.

„Hallo, hier ist nochmals Frau Unholzer. Herr Kommissar, es kam gerade ein Anruf von der Rusel von Frau Würzinger. Sie vermisst ihre Tochter seit gestern Abend. Sie klingt etwas verwirrt. Aber ich denke, es schadet nicht, wenn man bei ihr vorbeischaut. Könnten sie das übernehmen?"

„Ja Karin, machen wir gerne. Wo wohnt die Frau Würzinger?" wollte ich von ihr noch wissen.

„Im alten Forsthaus an der Kreuzung auf der Rusel, gegenüber dem Clubhaus vom Golfplatz."

„Ja, alles klar, ich denke, ich kenne das Haus. Es ist das alte Forsthaus an der Kreuzung. Also Ciao", ich beendete das Gespräch und wir verließen eilig das Besprechungszimmer.

Wir fuhren umgehend in Richtung Rusel.

Das Haus, ein altes, großes, zweistöckiges Forsthaus, sehr massiv gebaut, aber auch in die Jahre gekommen, wirkte doch etwas verlassen. Besonders der Garten, wenn man ihn so nennen konnte, war schon lange nicht mehr betreten worden.

Wir klingelten. Eine alte Frau, ich schätzte sie auf etwa 85 Jahre, wahrscheinlich Frau Würzinger, öffnete die Türe und meinte: „Wer sind sie und was wollen sie von mir?"

„Ich bin Kommissar Breslmaier und das ist meine Kollegin Stöcklgruber." Wir zeigten ihr unsere Ausweise. „Wir sind da, weil sie bei uns in der Polizeiinspektion Deggendorf angerufen haben und das Verschwinden ihrer Tochter gemeldet haben. Dürfen wir reinkommen? Wir haben noch einige Fragen dazu."

„Ich angerufen?" meinte sie.

Ich war etwas perplex. Wusste sie denn nicht mehr, dass sie bei uns angerufen hat? Na das konnte ja lustig werden. Aber Frau Unholzer hatte schon darauf hingewiesen, dass die Anruferin leicht verwirrt geklungen hätte.

„Ja, Frau Würzinger, sie haben bei uns angerufen und das Verschwinden ihrer Tochter gemeldet. Ist sie denn in der Zwischenzeit wieder aufgetaucht?"

„Was meine Tochter? Ich habe doch …"

„Dürften wir uns mal bei Ihnen umsehen. Vielleicht ist alles nur ein Missverständnis."

„Ja, ja. kommen sie ruhig herein. Ich gehe mal voran."

Wir gingen ihr hinterher in das Wohnzimmer. Alles sehr betagt und abgewohnt. So wie ihre Bewohnerin. Wir setzten uns auf die Couch, die mit einer Decke abgedeckt war. Frau Würzinger uns gegenüber in einem Korbstuhl.

„Frau Würzinger", begann ich. „Wann haben sie denn ihre Tochter zum letzten Mal gesehen?"

„Das weiß ich nicht mehr genau. Ich weiß nur, dass sie heute früh nicht da war und ihr Bett nicht benutzt war. Das war bei ihr noch nie passiert, soweit ich mich erinnern kann."

„Können wir uns das Schlafzimmer ihrer Tochter mal anschauen?"

„Ja gerne", meinte Frau Würzinger. „Aber sie müssten schon alleine hingehen. Ich bin nicht mehr so gut bei Fuß. Ich bin ja auch schon über achtzig, und da ist man nicht mehr so fit, oder?" und lachte leise in sich hinein.

Sie beschrieb uns noch den Weg zum Schlafzimmer ihrer Tochter. Ich hoffte nur, dass es das richtige Zimmer ist. Wir gingen die Treppe hoch und das erste Zimmer links sollte das Zimmer ihrer Tochter sein. Wir betraten das Zimmer.

Das Zimmer wirkte sehr aufgeräumt und das Bett war unbenutzt.

„Sie ist wirklich weg", meinte Frau Stöcklgruber. „Was machen wir jetzt?"

„Wir beantragen eine Handyortung. Wenn wir Glück haben und sie ihr Handy eingeschaltet hat, finden wir sie, wo immer sie auch jetzt ist. Aber das ist das Einzige, was wir machen können. Ich rufe mal Herrn Dr. Hofer an und beantrage die Ortung."

Ich telefonierte mit Dr. Hofer und er war sofort mit der Ortung einverstanden. Das Ergebnis sollten wir auch baldmöglichst haben. Er wollte uns sofort Bescheid geben, wenn die Ortung ein Ergebnis bringen sollte. Ich gab mich zufrieden und erklärte Mina das Gespräch.

Es war inzwischen kurz nach halb neun und wir sollten umgehend mit dem Platzarbeiter vom Golfclub, mit Herrn Sobrotschick reden.

Ich ging nochmal zu Frau Würzinger und berichtete ihr, was wir bereits unternommen hatten, um ihre Tochter zu finden. Ich konnte nicht feststellen, ob sie alles verstanden hatte, was ich ihr erzählte. Aber seis drum. Wir verabschiedeten uns und gingen zu Fuß quer über die Ruselstraße zum Golfclub.

Das Clubhaus war bereits offen und wir wurden sehr nett empfangen. Ich denke, die Frau konnte sich an unseren ersten Besuch noch erinnern. Natürlich bekamen wir auch wieder einen Kaffee, der sicherlich genauso gut ist, wie der erste gestern.

„Können wir wieder das Besprechungszimmer von gestern benutzen?" fragte ich die nette Dame. „Wie heißen sie eigentlich?" wollte ich von ihr wissen.

„Ich heiße Gabi Steiner und bin die Wirtin für das Clubhaus. Übrigens haben sie heute Glück, dass ich schon so früh da bin. Normalerweise öffnen wir erst um zehn Uhr. Aber heute ist um zehn Uhr eine Gruppe Golfer aus München angesagt und die wollten vor dem Spiel noch eine Brotzeit und die bereite ich gerade vor."

„Na das passt ja", bemerkte ich.

„Das Besprechungszimmer können sie gerne benutzen. Wird eh nicht oft belegt. Maximal ein bis zweimal im Monat."

Wir gingen die Treppen hoch in den Besprechungsraum. Vorsichtig balancierten wir unsere Kaffeetassen, damit wir nichts ausschütteten.

Nachdem wir uns gesetzt hatten, rief ich den Headgreenkeeper, Herrn Kreutl, an und fragte nach Herrn Sobrotschick.

„Was wollen sie denn von ihm? Was er denn mit dem Fall zu tun?" wollte er wissen.

„Ich kann ihnen leider noch nichts Näheres dazu sagen. Aber wir haben einige wichtige Fragen an ihn. Ach übrigens, wo war Herr Sobrotschick am Montag während der Besprechung mit Herrn Brunner?"

„Am Montag ab acht Uhr?" erwiderte Herr Kreutl „da hatte er die Aufgabe, das Fairway Bahn fünf und sechs zu mähen. Um halb zehn Uhr war er damit fertig und wir trafen uns im

Geräteraum. Danach kümmerte er sich noch um die Bunker Bahn drei, vier, fünf und sechs."

„OK, Herr Kreutl, das sollte vorerst genügen. Können sie ihm bitte Bescheid geben, dass wir auf ihn im Clublokal im Besprechungszimmer warten?"

„Ja, ich schicke ihn gleich zu ihnen".

Nach etwa zehn Minuten klopfte Herr Sobrotschick bei uns an der Türe. Auch er hatte die grüne Platzarbeiteruniform des Deggendorfer Golfclubs. Er war etwa fünfunddreißig Jahre alt, hatte ein etwas rundliches Gesicht und volles Haar. Ein Dreitagesbart rundete seine Erscheinung ab. Er setzte sich uns gegenüber und schaute uns fragend an.

„Herr Sobrotschick, wir sind von der Polizeiinspektion Deggendorf. Mein Name ist Kommissar Franz Breslmaier und das ist meine Kollegin, Frau Stöcklgruber. Wir ermitteln in der Mordsache Brunner Georg. Wir haben einige Fragen an sie."

Herr Sobrotschick schaute etwas überrascht.

„Was möchten von mir wissen? Was ich mit Sache zu tun?" fragte er mit deutsch-tschechischem Akzent.

„Tja, das möchten wir auch gerne wissen", entgegnete ich. „Wir haben die Vermutung, und da will ich gleich zu unserem momentanen Verdacht kommen, dass sie zu dem Mord an Herrn Brunner zugunsten des Golfclubs angeleitet wurden."

„Nein, stimmt nicht. Wie kommen zu der Idee? Damit ich habe nichts zu tun. Ehrenwort!" rief er laut und erregt aus.

„Was haben sie am Montagvormittag ab acht Uhr gemacht?"

„Ich Bahnen fünf und sechs gemäht, Fairway, wie Herr Kreutl mir aufgetragen".

„Haben sie in der Zeit etwas bemerkt? War irgendwas anders als sonst?" wollte ich von ihm wissen.

„Nein, nichts anders, alles wie immer."

Da klingelte mein Handy

Ich blickte zu Frau Stöcklgruber. Auch sie hatte anscheinend keine weiteren Fragen. Wir verabschiedeten uns von Herrn Sobrotschick mit dem Hinweis, dass er sich für uns bereithalten soll, wenn wir noch weitere Fragen an ihn haben.

Ich nahm den Anruf an.

„Herr Breslmaier, hier ist Frau Unholzer. Die Handyortung von Frau Würzinger war erfolgreich. Der Mobilfunkbetreiber hat sehr schnell den Standort des Handys von Frau Würzinger gefunden: das Handy ist im alten Ruselhotel eingelinkt. In den letzten Stunden wurden darüber keine Gespräche geführt. Eine Bewegung war ebenfalls nicht feststellbar. Mehr konnte ich nicht erfahren. Aber ich denke das sollte vorerst reichen.“

„Danke Frau Unholzer, wir sind momentan im Clubhaus gegenüber dem Ruselhotel und werden gleich mal nachschauen, ob wir im Hotel etwas finden.“ Damit beendete ich das Telefonat und informierte Frau Stöcklgruber.

„Mmmh keine Bewegung in den letzten Stunden. Das sieht nicht gut aus“, meinte sie.

„Da hast du recht. Lass uns mal rüber gehen. Hoffen wir das Beste.“

Wir verabschiedeten uns von Frau Steiner und gingen durch den Tunnel unter der Straße in Richtung Ruselhotel. Das Hotel wurde bis etwa ins Jahr 2000 betrieben. Und das sah man ihm auch deutlich an. Risse in den Mauern, das Blechdach zum Teil aufgerissen und die Wände und die gesamte Terrasse mit Pflanzen überwuchert. Die Fenster waren zum Teil mit Platten vernagelt. Es gab keine richtigen Türen mehr, eher Bautüren, also provisorische Eingänge. Auch die waren verriegelt oder geschlossen. Wir umrundeten das Gebäude und fanden keine Möglichkeit, in das Hotel zu gelangen.

„Aber es muss doch irgendwie möglich sein, hineinzukommen“, meinte Frau Stöcklgruber. „Haben wir etwas übersehen?“

„Komm, wir gehen nochmal ums Hotel herum und schauen mal, ob wir nicht Spuren finden, die in das Gebäude führen", gab ich ihr leicht genervt zur Antwort.

Also gingen wir nochmal los. Diesmal achteten wir auf eventuelle Fußspuren im Gras. Und wirklich. Nachdem wir fast komplett um das Hotel herum waren, sahen wir mehrere deutliche Schuhabdrücke, die uns vorher nicht aufgefallen waren, da sie nicht direkt am Hotel zu sehen waren, sondern etwa fünf Meter vom Hotel entfernt. Aber sie gingen direkt in Richtung eines Eingangs, der eher zu einem Keller führte. Den hatten wir vorher nicht gesehen, da er etwas versteckt und zugewachsen war. Wir machten uns sofort daran, die Türe zu öffnen und nach einigen Versuchen ließ sie sich mit lautem Gequietsche und Geknarre auch öffnen. Wir kamen offensichtlich in den Kellerbereich des Hotels, da es kein Fenster und daher auch kein Tageslicht gab. Ich schaltete das Licht an meinem Handy ein und wir verschafften uns erst mal einen Überblick.

Überall lag Schutt und alte Regale, die in der langen Zeit zusammengebrochen waren. Aber es gab Spuren, die in den nächsten Raum führten. Wir kamen in einen Gang, in dem am Ende eine Treppe nach oben ging. Aber zunächst durchsuchten wir die Räume im Keller.

Frau Stöcklgruber hatte in der Zwischenzeit auch das Licht an ihrem Handy eingeschaltet und so konnten wir uns zum Suchen aufteilen. Sie links die Räume und ich rechts.

Aber in diesem Bereich war nichts zu finden. Also die Treppe hoch in das Erdgeschoss.

Das selbe Spiel nochmal. Hier waren die Räume ebenso verfallen und muffig. Es roch nach Verwesung und vergangener Zeit. Der Speiseraum, das Foyer, die ehemalige Küche, diese Räume hatte ich in meiner Jugend zusammen mit meinen Eltern noch erlebt. Nach dem Skifahren einen heißen

Kakao oder einen Windbeutel. Oder auch zum Mittagessen im Sommer im Lokal oder auf der Terrasse.

„Mina, habe ich dir schon erzählt, als ich so etwa zehn oder elf war, wie ich mit meinem Onkel Ferdinand beim Skifahren hier war und er sich …“

„Franz, die Geschichte mit deinem Onkel Ferdinand habe ich schon zigmal gehört. Dass euch am Schluss deine Eltern abgeholt haben, weil dein Onkel nach dem Skifahren dem Alkohol zu sehr zugetan war und nicht mehr Autofahren konnte und der Ober deine Eltern benachrichtigte.“

Damit war die Geschichte leider erledigt.

Auch im Erdgeschoss keine Spur von Frau Würzinger. Also wieder eine Treppe hoch. Wir kamen jetzt in den Bereich der Hotelzimmer. Hier war zum Teil noch Tageslicht. So konnten wir die Beleuchtung unserer Handys ausschalten.

Zimmer 101, 103, 105, ich durchsuchte die ungeraden Zimmer, Frau Stöcklgruber, die geraden.

Gerade war sie im Zimmer mit der Nummer 106 verschwunden, als auch schon ein Schrei von ihr zu hören war.

„Mina, was ist los?“ rief ich in ihre Richtung.

„Franz komm schnell. Ich glaube, wir haben sie gefunden.“

Und da lag sie. Frau Ingrid Würzinger. Unverkennbar. Ich hatte in ihrem Zimmer ein Foto von ihr gesehen. Aber leider nicht mehr so schön wie auf dem Foto: jetzt hatte sie ein Loch im Kopf, frontal in der Stirn. Ihre roten Haare lagen wie Blutlocken um ihren Kopf. Ihre Augen waren weit aufgerissen und entsetzt starrten sie mich an, wie um mir zu sagen: warum ich?

Ich zückte sofort mein Handy und rief in der Polizeiinspektion bei Frau Unholzer an.

„Frau Unholzer, wir haben Frau Würzinger Junior gefunden. Leider nicht mehr lebend. Sie wurde erschossen und deshalb informieren sie bitte umgehend die Spurensicherung. Wir müssen wissen, mit welcher Waffe Frau Würzinger umgebracht wurde. Vielleicht gibt es Spuren vor Ort, die uns weiterhelfen. Der Tatort ist im alten Ruselhotel im ersten Stock Zimmer 106. Wir warten vor dem Hotel auf die Spurensicherung, damit wir ihnen zeigen können, wie sie in das Gebäude kommen und informieren Frau Würzinger Senior."

„Ja, Herr Kommissar, mach ich sofort ". Damit beendete sie das Gespräch.

Ich wandte mich an Frau Stöcklgruber. „Mina, wir haben innerhalb von zwei Tagen zwei Morde. Wir sind in den Ermittlungen zum ersten Mordfall noch nicht sehr weit gekommen. Wir haben zwar eine heiße Spur, aber der Mord jetzt, ändert doch wieder einiges. Was ich mich frage: gibt es einen Zusammenhang Würzinger – Brunner? Übrigens brauchen wir unbedingt auch das Handy von Frau Würzinger. Könnte sehr hilfreich sein. Aber ich wollte die Leiche nicht durchsuchen. Soll die Spusi machen. Nicht dass wir irgendwelche Spuren vernichten."

„Da hast du sicher recht, Franz. Wir sollten unbedingt eine Besprechung ansetzen, eine Pressekonferenz ist sicher unumgänglich. Nach zwei Morden! Was die sonst alles schreiben. Lieber haben sie die Informationen von uns."

In der Zwischenzeit waren wir wieder vor dem Hotel im Freien angekommen. Erst mal richtig durch schnaufen!

Bis zum Eintreffen der Spusi war noch genügend Zeit, dass wir Frau Würzinger vom Tod ihrer Tochter berichten konnten. Wir machten uns zu ihrem Haus auf und klingelten an der Tür.

Frau Würzinger machte die Türe einen Spalt auf und wollte wissen, wer wir sind und was wir wollen.

Ich entgegnete ihr in einem für mich sehr freundlichen Ton: „Frau Würzinger, wir waren heute Vormittag bei Ihnen. Erinnern sie sich an uns? Kommissar Breslmaier und Kollegin Stöcklgruber von der Polizei aus Deggendorf. Wir haben ihnen etwas Wichtiges mitzuteilen. Dürften wir reinkommen?"

Sie machte uns die Türe auf und ich hatte das Gefühl, dass sie nicht wusste, wer wir sind und was wir von ihr wollen. Als ich an ihr vorbei ging, konnte ich eine Alkoholfahne feststellen. Auch das noch! Am späten Vormittag schon Alkohol im Spiel. Na das konnte ja lustig werden.

Wir gingen in das Wohnzimmer, wo wir heute früh schon mal waren und setzten uns. Auf dem Tisch stand eine halbvolle Flasche Asbach uralt. Na der Schnaps passt genau: uralt! Da fällt mir doch gleich wieder die Geschichte ein, als wir im Urlaub .... Nicht jetzt.

Frau Stöcklgruber übernahm die Ansprache.

„Frau Würzinger. Wir haben die traurige Aufgabe ihnen mitzuteilen, dass ihre Tochter Ingrid heute Nacht umgebracht wurde."

„Meine Tochter, ja ja, sie ist so eine nette und kümmert sich seit Jahren um mich. Ich bin ihr ja so dankbar. Was würde ich ohne sie tun. Sie müsste gleich wieder kommen. Sie fährt am Donnerstag immer nach Deggendorf zum Einkaufen. Viel brauchen wir ja nicht. Aber es tut ihr auch gut, wenn sie wieder unter Menschen kommt. Verstehen sie?"

Wir verstanden sie gut. Sie lebte in ihrer eigenen Welt und war der Realität nicht mehr gewachsen. So mussten wir sehen, wie wir die Situation am besten regeln konnten.

Ich meldete mich zu Wort. „Frau Würzinger. Haben sie noch weitere Kinder?"

„Ja, einen Sohn, den Felix. Aber er lebt in Passau und kommt selten zu uns."

„Hätten sie denn eine Telefonnummer für uns von ihm?"

Sie stand auf und kramte in der Kommode neben ihrem Sitzplatz. Aus der Schublade zog sie schließlich ein abgegriffenes Adressenregister hervor.

„Da haben wir es ja!" rief sie ganz stolz aus. „Alle wichtigen Adressen habe ich hier notiert. Auch die meines Sohnes. Schaun sie ruhig," sagte sie und gab mir das Büchlein. Unter

Würzinger Felix fand ich eine Telefonnummer, die ich auch sofort in mein Handy eingab.

Nach kurzer Zeit meldete sich auch eine männliche Stimme. Herr Würzinger war am Apparat. Ich stellte mich vor und schilderte ihm die Situation. Ich fragte ihn auch, ob er sich umgehend um seine Mutter kümmern könnte, denn in ihrem Zustand war es nicht vorstellbar, dass sie alleine zurecht kommen konnte. Er versprach, sich sofort in das Auto zu setzen und loszufahren. Er machte einen sehr gefassten Eindruck.

„In einer halben Stunde bin ich da", stellte er noch fest. „Ich werde alles weitere und was notwendig ist erledigen."

Ich gab ihm noch meine Handynummer, bedankte mich und verabschiedete mich von ihm, nicht ohne den Hinweis, dass er sich jederzeit an mich wenden könnte.

Frau Würzinger hatte das Gespräch zwar verfolgt, aber ihr Gesichtsausdruck war leer und verständnislos. Aber es war für sie gesorgt und der Sohn unterwegs. Ich war beruhigt. Ich wollte mir nur noch das Foto von Frau Würzinger Junior aus ihrem Zimmer mitnehmen. Ich fragte Frau Würzinger nach der Toilette, ging aber die Treppe hoch in das Zimmer der Tochter und nahm das Foto von der Wand und steckte es unter mein Sakko.

Wir verabschiedeten uns von Frau Würzinger, die sichtlich froh war, dass sie uns wieder los hatte. Mit leerem Blick schaute sie uns nach und schloss die Türe.

„Warum hast du das Foto mitgenommen?" meinte Frau Stöcklgruber.

„Ich wollte ein Foto wo sie noch lebend abgebildet ist. Mache ich doch immer so, oder?" antwortete ich ihr.

Wir gingen zurück zum Hotel um die Spusi aus Straubing zu empfangen und ihnen den Weg in das Gebäude zu zeigen und vor allem, um an das Handy von Frau Würzinger zu gelangen.

Ich rief bei Frau Unholzer an und bat sie, in Bayrisch Eisenstein beim Zoll anzurufen und die Kollegen zu bitten doch das Überwachungsvideo an der Grenze von Mittwoch 17 Uhr bis 21 Uhr uns zur Verfügung zu stellen. Möglichst digital und so schnell als möglich zu übermitteln. Sie sollte nach meinem Hauptverdächtigen, dem Herrn Sobrotschick Ausschau halten, ob sie ihn auf dem Video erkennen kann. Ich hatte da einen Verdacht. Herrn Oberhuber sollte sie um 13:30 Uhr zur Vernehmung einbestellen. Außerdem fragte ich sie noch, ob sie an der Besprechung um 15 Uhr im Besprechungsraum teilnehmen könnte, was sie bejahte.

Die Spusi traf jetzt ein. Es war inzwischen kurz vor zwölf Uhr. Wir unterhielten uns noch mit Frau Dr. Krankl, der zuständigen Chefin der KTU. Ich teilte ihr kurz mit, was wir inzwischen erfahren hatten und wussten. Wir gingen mit ihr zum von uns entdeckten Zugang zum Hotel, die Treppen hoch und zum Zimmer, wo Frau Würzinger lag.

„Wichtig für unsere Ermittlungen wäre natürlich, die mögliche Tatwaffe festzustellen, Typ und Kaliber. Todeszeitpunkt und eventuelle Spuren. Das Handy hat sie noch bei sich. Ich wollte es nur nicht herausnehmen, um keine Spuren zu verwischen. Wäre perfekt, wenn sie mir das Handy als erstes übergeben könnten. Ist für uns sehr sehr wichtig."

Nachdem die ersten Fotos vom Mordopfer gemacht waren, konnte ich das Handy in einer Plastiktüte übernehmen. Es war noch immer eingeschaltet. Zum Freischalten musste ich den Zeigefinger des Mordopfers verwenden. Natürlich konnte das nicht mit der Plastiktüte funktionieren. Also nahm ich das Handy vorsichtig aus der Hülle, hielt das Handy mit dem Freischaltknopf an ihren Zeigefinger und – es funktionierte. Ich versuchte nun die letzten E-Mails abzurufen. Aber sie hatte seit einigen Tagen keine für mich interessante E-Mail bekommen. Nur die normalen üblichen Spam-Mails.

Vielleicht bei den SMS? Ich öffnete den SMS-Ordner. Eine SMS erregte sofort meine Aufmerksamkeit: Anonym, nur die Handynummer angegeben, gestern um 17:30 Uhr.

Ich öffnete die SMS und las: **Wir müssen reden! Ruselhotel, heute Abend, 22 Uhr. Zimmer 106.**

Ich zeigte die SMS auch Frau Stöcklgruber. Sie hob erstaunt die Augenbrauen.

Der Mord war offensichtlich geplant. Das war doch zumindest eine Spur. Ich steckte das Handy wieder in die Plastiktüte. Den Rest sollten die Kollegen in der Zentrale auslesen. Wir sollten jetzt dringend zurück nach Deggendorf ins Polizeipräsidium.

Im Auto stellten wir erste Überlegungen an.

Ich begann: „Ich sage dir jetzt, was ich mir denke. Die beiden Morde stehen meiner Meinung nach im Zusammenhang und zwar ist durch die Morde der Golfclub aller Sorgen los und der Investor kann loslegen. Ich warte nur auf die Auswertung der Videoüberwachung an der Grenze, weil ich wissen will, ob Herr Sobrotschick am Mittwoch nach der Arbeit in Tschechien war. Er ist nach wie vor mein Hauptverdächtigter. Aber das Video der Überwachungskameras am Grenzübergang sollten wir, wenn alles klappt, von Frau Unholzer bekommen. Was meinst du, Mina?"

Sie räusperte sich und meinte: „Ja Franz, für mich ist er auch der Hauptverdächtigte. Wer sonst könnte so kaltblütige Morde verüben? Was ich noch nicht verstehe, warum sollte Herr Sobrotschick im Auftrag des Golfclubs das tun? Sicherlich geht es um Geld, viel Geld. Es gibt schon Leute, die für Geld alles tun, die käuflich sind. Aber Herr Sobrotschick? Der macht für mich nicht den Eindruck, dass er so ein Typ ist. Und ich denke, das kann ich inzwischen gut einschätzen. Lass uns mal abwarten, was Frau Unholzer, die Karin, inzwischen für uns hat. Vielleicht hilft uns das weiter. Übrigens weiß ich in

Mietraching eine sehr gute Metzgerei und zu einer kleinen Brotzeit würde ich nicht nein sagen."

Gesagt, getan. Eine kleine Stärkung konnte auf keinen Fall schaden und so hielten wir an der Metzgerei und genehmigten uns jeder eine Leberkässemmel und ein Mineralwasser im Stehen. Ich wollte der Mina auch noch die Geschichte erzählen, wo ich im Urlaub auf Kreta einen Heißhunger auf eine Leberkässemmel hatte. Aber weit kam ich damit nicht. Sie kannte die Geschichte schon. Na ja, vielleicht beim nächsten Mal. Wir waren inzwischen im Stadtgebiet von Deggendorf angekommen und suchten uns einen Parkplatz am Polizeigebäude.

Es war inzwischen 13:00 Uhr. In einer halben Stunde hatten wir Herrn Oberhuber zur Vernehmung einbestellt. Also hatte ich noch etwas Zeit, um den Staatsanwalt Herrn Dr. Hofer zum aktuellen Stand zu informieren. Außerdem sollten wir kurz den Ablauf der Pressekonferenz durchgehen.

Vernehmung von Herrn Oberhuber im Besprechungsraum.

„Es ist Donnerstag, der 13. Juni, 13:30 Uhr. Vernehmung von Herrn Josef Oberhuber. Anwesend ist Frau Philomena Stöcklgruber, Kommissar Franz Breslmaier. -- Herr Oberhuber, ich mache sie darauf aufmerksam, dass dieses Gespräch aufgezeichnet wird."

Herr Oberhuber nickt und schaut uns aufmerksam an.

„Herr Oberhuber, sie wissen, warum wir sie herbestellt haben?" begann ich die Vernehmung.

„Nein, ich habe keinen blassen Schimmer."

„Frau Ingrid Würzinger ist gestern Nacht umgebracht worden. Wussten sie schon davon?"

„Nein, woher auch. Ich war den ganzen Tag unterwegs. Aber so recht betroffen bin ich deswegen nicht."

„Wieso nicht? Das müssen sie mir erklären."

„Na ja", begann Herr Oberhuber etwas zögerlich. „ Wir hatten mit der Familie Würzinger als Anlieger an den Golfplatz seit Jahren unsere Probleme. Ein Gerichtstermin jagte den nächsten. Sie waren darauf fixiert, den Golfclub zu torpedieren, wo es nur ging. Anfangs ging es nur um ein Grün, das falsch und daher zu nahe an ihr Grundstück gebaut wurde. Das war der Startschuss für jahrelange, wirklich jahrelange und nervende Auseinandersetzungen. Manchmal bekamen sie auch Recht, doch meistens waren wir im Vorteil. Und jetzt, die Bestrebungen des Investors bezüglich dem Ruselhotel, das war für die Beiden natürlich ein gefundenes Fressen. Ausbau auf siebenundzwanzig Loch! Das müssen sie sich mal vorstellen. Sie hatten ja mit den achtzehn Loch schon ihre Probleme – und jetzt siebenundzwanzig Loch! Sie, oder sollte ich eher sagen die Tochter, überzog uns mit Klagen. Und die hatte Zeit und Ideen. Unglaublich was die alles anstellte, nur um uns zu schaden. Daher kann ich nicht recht um sie trauern, auch wenn die Umstände ihres Todes das eher fordern würden. Aber ihre Klagen sind somit hinfällig, dass Frau Würzinger Senior nicht mehr verhandlungsfähig ist, wie sie vielleicht wissen."

„Ja", erwiderte ich „daher ist der Golfclub Deggendorf mit ihnen als Präsident unser Hauptverdächtiger, da sie durch die beiden Morde aller Sorgen bezüglich dem Ausbau auf 27 Loch entledigt sind. Wer sonst hätte einen Vorteil durch die Taten? Dass sie es nicht waren, davon gehen wir aus. Aber warum sollten sie nicht Jemand angeworben haben, einen Auftragskiller, der diese Aufgabe für sie durchführte? Mit Geld lässt sich so einiges bewegen und sie waschen ihre Hände in Unschuld. Wie viel haben sie ihm bezahlt? Was war es ihnen wert?"

Herr Oberhuber war offensichtlich entsetzt.

„Nein, nein, ich habe damit nichts tun, das müssen sie mir glauben. Ich beauftrage doch niemand mit einem Mord!"

Ich blickte zu Frau Stöcklgruber und sie bestätigte mit einem leichten Nicken, dass auch sie keine weiteren Fragen hätte.

„Herr Oberhuber, wir beenden hier die Vernehmung. Es ist jetzt 13:50 Uhr. Wir werden uns sicherlich nochmal bei ihnen melden. Halten sie sich bitte zur Verfügung."

Ich schaltete das Aufnahmegerät aus und begleitete Herren Oberhuber hinaus.

Beim Hinausgehen wollte ich von ihm noch wissen, wie er den Ausbau des Golfplatzes jetzt beurteilen würde.

„Darüber haben wir im Vorstand noch nicht gesprochen. Die Ereignisse haben sich ja in den letzten beiden Tagen überschlagen. Aber sie können sicher sein, dass wir jetzt alles daran setzen werden, um den Ausbau voranzutreiben und die Vorzeichen dazu schauen nicht schlecht aus. Sicherlich erheblich besser noch als vor einer Woche. Aber jetzt denke ich ist es erst mal wichtig, dass sie den oder die Mörder ermitteln."

Er gab mir die Hand und verabschiedete sich. Beim Händedruck konnte ich ein leichtes Zittern bemerken. Aber ich denke, nach unserem Gespräch ist das nur natürlich.

Ich ging wieder zurück und wollte von Mina wissen, was sie von der Vernehmung halten würde.

„Na ja, soweit ich das einschätzen kann, hat Herr Oberhuber mit den beiden Morden nicht direkt etwas zu tun, so wie er reagiert hat. Ich würde trotzdem seine Kontobewegungen überprüfen und seine Handydaten auslesen lassen. Wer weiß, vielleicht ergibt sich ein Hinweis."

Ich gebe ihr recht und sage ihr, dass ich die Kontoüberprüfung und die Handyauslesung über Herrn Dr. Hofer beantragen werde.

Wir gehen zurück in unser Büro, ich telefoniere mit Herrn Dr. Hofer und schaue mir die Unterlagen durch, die sich auf meinem Schreibtisch inzwischen anhäuften. Frau Stöcklgruber holt uns noch einen Kaffee und dann gehen wir in den Besprechungsraum nebenan. Ich rufe Frau Unholzer an und geb ihr Bescheid, dass wir schon auf sie im Besprechungsraum warten.

Inzwischen ist es fast fünfzehn Uhr. Karin hat Neuigkeiten von der Spusi, der KTU und von der Gerichtsmedizinerin. Außerdem ein Video aus Bayrisch Eisenstein von den Kollegen vor Ort.

Ich begann auch sofort „Danke Frau Unholzer, dass sie oder du Zeit für uns gefunden hast. Was gibt es Neues? Hinweise von der Spusi und der KTU bezüglich der Mordwaffe? Ist auf dem Video von den Kollegen aus Bayrisch Eisenstein etwas zu erkennen?"

„Ja", antwortete sie. „Ich wusste natürlich, auf was ich auf dem Video schauen sollte. Ich habe mir vorab ein Foto von Herrn Sobrotschick von der Homepage des Golfclubs ausgedruckt. Und wirklich: er ist auf dem Überwachungsvideo der Grenzpolizei genau zu erkennen. Ich kann es euch kurz mal vorspielen. Ich habe die beiden Szenen mit Zeiteinblendung auf meinem Stick."

Sie stand auf und ging zu dem großen Display an der Wand, das wir seit Kurzem von einer Firma aus dem Bayrischen Wald erhalten hatten. Fachmännisch schaltete Karin das Display ein, steckte den Stick an der Seite in den USB Anschluss, wählte den richtigen Eingang über die Fernbedienung und öffnete den Stick über das Display. Sie startete das Video und wir konnten den Grenzübergang in Bayrisch Eisenstein erkennen. Die Zeiteinblendung stand auf 17:42 Uhr. Und da sahen wir ihn auch: Herr Sobrotschick in einem grünen Golf mit Regener Nummer. Unverkennbar. Er hatte auch noch seine Arbeitskleidung an, dunkelgrüner Overall mit Rusel Emblem.

Ich nickte Frau Stöcklgruber zu.

Jetzt kam die nächste Szene: Zeiteinblendung 19:18 Uhr. Herr Sobrotschick wieder zurück nach Bayern. Jetzt konnten wir auch sein Gesicht erkennen. Sein Gesichtsausdruck war sehr angespannt. Auch kein Wunder, wenn er das was wir vermuteten, noch zu tun hatte und dafür in Tschechien Vorarbeit leisten musste.

Ich hatte mir die beiden Zeiten in mein Notizheft notiert.

„Danke, Karin, hast du super gemacht. Hilft uns sehr viel weiter. Jetzt wissen wir, dass Herr Sobrotschick nach der Arbeit in Tschechien war und dort etwas erledigt hat, was wir von ihm noch erfahren werden. Karin, kannst du bitte Herrn Sobrotschick zur Vernehmung bestellen? So schnell wie möglich. Könnte die Lösung des Falls ein großes Stück voran bringen, wenn nicht sogar die Lösung darstellen. Mina, was meinst du?"

„Ganz deiner Meinung, Franz", bekräftigte sie meine Ausführungen.

„Karin, hast du schon Informationen von der Spusi oder der KTU vom zweiten Mordfall? Vielleicht sogar Infos von der Mordwaffe?" wollte ich von ihr noch wissen.

Frau Unholzer hatte sich in der Zwischenzeit wieder an den Tisch gesetzt. „Ähh, zur Mordwaffe konnten mir die Kollegen in Straubing folgendes sagen, natürlich nur unverbindlich". Sie zog ihren Notizblock zu sich heran.

„Die Waffe ist aller Wahrscheinlichkeit nach eine SIG Sauer P6 Kaliber 9x19 mm, wurde vor allem vom Bundesgrenzschutz und der deutschen Polizei bis 2015 verwendet. Kann man alles bei Wikipedia nachlesen. Außerdem habe ich mit der Gerichtsmedizinerin telefoniert. Es gab keine Kampfspuren, der tödliche Schuss erfolgte aus kürzester Entfernung. Frau Würzinger war sofort tot. Todeszeitpunkt etwa 10 bis 10:30 Uhr abends. Wie gesagt, alles noch unverbindlich. Aber ich finde auf die Kürze der Zeit, tolle Arbeit, oder?"

Ich konnte ihr nur zustimmen.

„Irgendeine Spur bezüglich der Tatwaffe?" wollte ich noch wissen.

„Nein, leider, keine weiteren Hinweise. Auch keine verwertbaren DNA Spuren. Ich denke, das konnte man auch nicht erwarten."

„Karin, du hast uns sehr viel weiter geholfen. Vielen Dank. Wie können wir das wieder gut machen?" wollte ich wissen.

„Na, lasst euch was einfallen. Ich bin für alles offen. Außerdem mache ich das gerne. Telefondienst ist ja so langweilig und da tut es ganz gut, wenn man aktiv zu einer Mordermittlung beitragen kann. Könnt ihr ruhig auch meinem Vorgesetzten kund tun."

„Das werden wir auf jeden Fall, liebe Karin. Ich melde mich wieder, wenn ich dich nochmal benötige. Aber vorerst reicht das. Und jetzt bitte Herrn Sobrotschick zur Vernehmung."

„Ja, mach ich gleich. Bis dann". Sie verabschiedete sich und wir waren alleine im Raum.

Wir sahen uns vielversprechend an.

„Ich oder du zuerst?" begann ich das Gespräch."

„Lass mich mal", erwiderte Mina. „Meine Theorie sieht folgendermaßen aus: Herr Sobrotschick wird vom Golfclub, von wem auch immer, überredet oder gedrängt, Herrn Brunner mit seinem eigenen Jagdgewehr zu erschießen. Dazu musste er nur während der Besprechung am Montag um acht Uhr im Clubhaus aus dem unversperrten Auto des Herrn Brunner dessen Gewehr entwenden, was sehr einfach war, da der Vorstand ihm Bescheid geben konnte, wann Herr Brunner im Gespräch ist. Also, das Gewehr hat er schon mal. Am Mittwoch, vor der Arbeit, setzt er sich in den Hochstand des Herrn Brunner und braucht nur auf ihn zu warten. Er war ja jeden Mittwoch früh auf der Jagd. Also war es ein Leichtes ihm aufzulauern, mit seinem eigenen Gewehr ihn zu erschießen und jetzt kommt's: die Tatwaffe entsorgt er im Auto von Herrn Brunner. Dabei wurde er, und das ist meine Theorie, von Frau Würzinger Junior beobachtet. Sie kannte den Platzarbeiter sicher vom Sehen. Sie reimte sich, nachdem sie vom

Tod des Herrn Brunner erfuhr, eins und eins zusammen und schickte ihm eine entsprechende E-Mail oder SMS. Die haben wir leider noch nicht auf ihrem Handy finden können. Er antwortet ihr mit der bekannten SMS, die wir auf ihrem Handy sicherstellen konnten. Warum sie so leichtgläubig war und sich auf den Termin einließ, verstehe ich nicht. Aber ich denke, sie hat sich von dem Treffen einiges erwartet. Dass es so für sie ausgeht war ihr nicht klar und ersichtlich. Das wäre meine Theorie. -- Der Golfclub ist der einzige Nutznießer der beiden Morde. Es geht um viel Geld und um die Zukunft des Clubs. Der Investor hatte dem Club ein Zeitlimit gesetzt, das in zehn Tagen ausgelaufen wäre. Also war Eile angesagt. Ich würde dem Herrn Sobrotschick ordentlich auf den Zahn fühlen. Vor allem wissen wir jetzt, dass er in Tschechien war und sich dort wahrscheinlich die Tatwaffe besorgt hat. Aber das soll er uns alles selber sagen. Auf jeden Fall sollten wir eine Hausdurchsuchung bei ihm beantragen. Schadet sicher nicht. Was wir noch nicht bedacht haben, ob nicht auch der Investor, -- der ominöse Inverstor, Interesse an der Beseitigung der beiden Unruhestifter gehabt hat. Ist sicher auch noch eine Spur die wir verfolgen sollten, wenn wir mit dem Golfclub nicht weiter kommen".

„Wow, das hast du perfekt widergegeben. Besser könnte ich es auch nicht" pflichtete ich ihr bei. Ich musste wieder mal feststellen, wie gut sie im Kombinieren und welche tolle Auffassungsgabe sie doch hatte. Respekt! Es tut gut, so eine tolle Mitarbeiterin zu haben.

„Herr Sobrotschick ist im Verhörraum" ließ uns Frau Unholzer wissen. „Er wartet auf euch."

Wir gingen zusammen in den Verhörraum. Wir sprachen uns noch kurz ab, wer die Rolle des Guten und die des Bösen übernimmt.

„Also ich mach die Gute", meinte Frau Stöcklgruber. „Ich denke, das kann ich". Natürlich war ich damit einverstanden und wir betraten das abgedunkelte Zimmer.

Ich begann das Verhör. „Danke Herr Sobrotschick, dass sie so schnell kommen konnten. Wir haben noch einige Fragen an sie, die durch die Ermittlungen in den letzten Stunden entstanden. Wir zeichnen das Gespräch auf. Sind sie damit einverstanden?"

Er nickte und ich schaltete den Recorder ein.

„Es ist Donnerstag der 13. Juni 15:52 Uhr. Anwesend sind: Kommissar Breslmaier, Assistentin Frau Stöcklgruber und Herr Sobrotschick. Bohuslav Sobrotschick. Herr Sobrotschick hat der Aufzeichnung des Gesprächs zugestimmt. Alles was sie hier sagen kann gegen sie verwendet werden."

„Herr Sobrotschick --- wir haben seit unserem letzten Gespräch einige neue Anhaltspunkte erhalten, die diese Vernehmung hier und heute dringend notwendig machen." Ich machte eine kurze Pause, bevor ich weiterfortfuhr -- „Wo waren sie gestern am späten Nachmittag nach der Arbeit?"

Herr Sobrotschick war sichtlich überrascht wegen der Frage. „Na ich fahre nach Hause, wie immer."

„Und dann? Waren sie an dem Abend nochmal unterwegs?"

„Nein, ich immer zu Hause. Abendessen und dann Fernsehen."

„Herr Sobrotschick, da muss ich ihnen leider widersprechen: sie waren unterwegs. Wir haben eine Videoaufnahme auf der sie um", ich schaute auf meinen Notizblock „17:42 Uhr die Grenze in Bayrisch Eisenstein in Richtung Tschechien überquerten, und dann um 19:18 Uhr wieder zurück nach Deutschland fuhren. Ist das korrekt?"

„Kann sein", meinte er etwas kleinlaut.

„Was haben sie in Tschechien gemacht? Was war der Grund für die Fahrt? Ich kann es ihnen sagen: sie haben sich eine Pistole besorgt, eine SIG Sauer P6, mit der sie zweieinhalb Stunden später Frau Würzinger erschossen haben. Geben sie es doch endlich zu!" Ich wurde etwas lauter und drängender.

„Ich nicht Pistole gekauft." Er schnaufte tief durch. „Ich immer fahren am Mittwoch nach Tschechien zu meiner Familie. Wohnt nahe an Grenze."

„Geben sie es doch zu, dass sie auch noch etwas anderes zu erledigen hatten, als nur die Familie zu besuchen."

Jetzt schaltete sich Frau Stöcklgruber in die Vernehmung ein.

„Herr Sobrotschick. Wir wissen von ihrem Eintrag in die Polizeiakte. Wir möchten ihnen helfen. Sagen sie uns doch einfach, mit wem sie in Tschechien in Kontakt waren, was sie, außer dem Verwandtenbesuch, noch gemacht haben. Wir werden ihre Angaben natürlich überprüfen, das werden sie sicher verstehen. Aber wenn sie zu uns ehrlich sind, dann werden wir uns auch für sie einsetzen. Das verspreche ich ihnen. Sie können uns vertrauen."

Herr Sobrotschick überlegte.

Mit leiser Stimme begann er zu reden. „Ich nach Tschechien gefahren nach Arbeit. Das stimmt. Ich immer fahren Mittwoch. Ich bringen mit Zigaretten und ein bisschen weiße Pillen für Kollegen und was sonst wollen. Oft auch Wurst, tschechische Wurst. Sehr billig und gut! Ab und zu machen auch Besuch in Spielkasino, aber eher selten. Kostet nur Geld."

Betreten blickte er nach unten.

Frau Stöcklgruber hackte nach. „Haben sie Schulden? Spielschulden? Hat man ihnen im Golfclub Geld angeboten für den Mord an Herrn Brunner?"

„Nein, ich nix Schulden, nur wenig Geld. Mit Fahrt nach Tschechien ich bessere mein Leben. Sie wissen, Familie kostet viel Geld in Deutschland."

Ich schaltete mich wieder ein. „Herr Sobrotschick, wir werden sie heute Nacht bei uns behalten. Für mich sind sie der Hauptverdächtige. Wir werden in der Zwischenzeit ihr Angaben überprüfen. Eine Hausdurchsuchung ist angeordnet. Ihr Handy wird überprüft, ihre Bankbewegungen werden wir untersuchen. Ich denke, bis morgen haben wir neue Erkenntnisse. Vielleicht finden wir auch die Tatwaffe bei ihnen. Wer weiß. Bis dahin bleiben sie bei uns. Gefahr im Verzug."

Geknickt lauschte Herr Sobrotschick den Ausführungen von mir.

Ich bat Staatsanwalt Dr. Hofer, beim Ermittlungsrichter einen Untersuchungshaftbefehl zu erwirken. Dafür musste Herr Sobrotschick dem Ermittlungsrichter vorgeführt werden. Aber ich ging davon aus, dass dies ohne Probleme stattfinden würde.

Ich rief bei der Wache an um Herr Sobrotschick abzuführen.

„Es ist jetzt 16:22 Uhr. Hiermit beende ich das Verhör mit Herrn Sobrotschick." Ich schaltete den Recorder aus und wandte mich an Herrn Sobrotschick.

„Das alles hätten sie auch viel einfacher haben können. Ein Geständnis erleichtert das Gewissen ungemein. Und uns hätten sie viel Arbeit erspart. Aber sie wollen es anscheinend nicht anders."

Der Wachmann erschien und ich erklärte ihm, was nun mit Herrn Sobrotschick passieren sollte. Er nahm ihn auch kommentarlos am Arm und führte ihn ab.

„Tja Mina, was meinst du?"

Mina sah mich an und meinte „Franz, ich bin hin und her gerissen. Auf der einen Seite spricht alles gegen Herrn Sobrotschick: Fahrt nach Tschechien, Besorgung von wahrscheinlich, Crystal Meth, Spielschulden und und und . Aber einen Mord? Ich kann mich auch täuschen. Schauen wir doch mal, was die Hausdurchsuchung und die Überprüfungen bringen."

Gut durchgedacht. Aber ich war mir fast sicher, dass wir mit Herrn Sobrotschick den richtigen Mann gefasst haben.

„Bis morgen wissen wir sicher mehr", erwiderte ich. „Komm, wir sollten allmählich zur Pressekonferenz, fängt in einer Viertelstunde an."

„Muss ich mich noch hübsch machen?" bemerkte Mina süffisant.

„Nein brauchst du nicht. Du siehst doch perfekt aus. Und zu schön musst du neben mir auch nicht unbedingt sein. Außerdem ist ja auch kein Fernsehen anwesend, nur Presseleute. Übrigens, habe ich dir schon mal die Geschichte erzählt, wo ich im Fernsehen war? Bei einer Quizsendung und wo ich als Publikumskandidat ausgewählt wurde und dann wegen mir das Publikum ausrastete?"

„Franz, die Geschichte hast du mir doch schon zigmal erzählt. Wo du dem Quizmaster sein Toupet versehentlich verrutscht hast, weil du mit deinem Manschettenknopf dort hängen geblieben bist."

Ja wirklich, sie kannte auch die Geschichte schon. Wann habe ich sie denn ihr erzählt? Na egal. Dann eben nicht. Aber gut war die Geschichte schon....

Wir gingen in Richtung Kantine, die heute, da so großer Andrang vorhersehbar war, als Presseraum umfunktioniert wurde.

Herr Dr. Hofer saß bereits an einem der Tische, die nebeneinander aufgestellt waren, damit wir alle nebeneinander Platz hatten, ganz links außen. Es waren sogar Namensschilder aufgestellt. Frau Unholzer ist einfach eine Klasse für sich.

Wir begrüßten Herrn Dr. Hofer und setzten uns an die für uns angedachten Plätze.

„Wie liefen die beiden Verhöre? Gibt es neue Erkenntnisse?" wollte er wissen.

„Wir haben", begann ich „Herrn Sobrotschick in Gewahrsam genommen, zumindest bis morgen. Er hat zugegeben, dass er am Mittwochabend in Tschechien war und sich dort verschiedene Waren besorgt hat, unter anderem auch Crystal Meth. Ich gehe davon aus, dass der Golfclub davon wusste und dies als Druckmittel benutzen konnte. Deshalb ist Herr Sobrotschick zurzeit mein Hauptverdächtiger. Die Hausdurchsuchung morgen sollte Klarheit darüber bringen. Wenn wir Glück haben, finden wir dort auch die Tatwaffe."

Herr Dr. Hofer und auch Frau Stöcklgruber stimmten mir zu.

Wir plauderten noch etwas und so langsam füllte sich unsere Kantine.

Es war inzwischen 17 Uhr.

Beginn der Pressekonferenz. Der Raum ist gesteckt voll. Natürlich kenne ich einige der Presseleute. So groß ist Deggendorf ja auch wieder nicht. Meine Lieblingsredakteurin ist auch da. Sie sitzt in der zweiten Reihe und lächelt mir zu. Christine Bumberger. Sie schaut mal wieder verdammt gut aus. Da fällt mir die Geschichte ein, wie wir im Sommer an einem verdammt heißen Tag im Freibad in Metten … - aber das passt jetzt überhaupt nicht. Ich muss mich zusammenreißen und konzentrieren. Viele Augen sind auf mich gerichtet. Ich räuspere mich. Noch einmal tief durch schnaufen.

„Vielen Dank meine Damen und Herren, dass sie so kurzfristig Zeit gefunden haben. Mein Name ist Franz Breslmaier, ich bin, zusammen mit meiner Kollegin Frau Stöcklgruber, Ermittler in dem Mordfall Brunner. Ganz links außen ist Staatsanwalt Herr Dr. Hofer.

Ich möchte sie kurz auf den aktuellen Stand der Dinge bringen. Wir haben es inzwischen mit zwei Mordfällen zu tun. Gestern Nacht wurde ein zweiter Mord verübt. Zu dem Mordopfer möchte und kann ich heute noch nicht mehr berichten. Ob die beiden Morde in Verbindung stehen, kann ich bisher nicht sagen. Hier stehen wir erst am Anfang der Ermittlungen. Aber wir sind auf einem guten und zuversichtlichen Weg. Hat jemand Fragen dazu?"

Es schnellten viele Arme in die Höhe. Fast jeder der Anwesenden wollte etwas wissen.

Ich zeigte auf einen der hochgestreckten Arme.

„Peter Tauber, Mittelbayrische Zeitung, Herr Kommissar Breslmaier. Können sie uns etwas zu der Verbindung der Mordopfer mit dem Deggendorfer Golfclub sagen? Es kursieren hier viele Spekulationen. Gibt es da irgendwelche Verbindungen?"

„Herr Tauber", antwortete ich ihm, „wir ermitteln natürlich auch in diese Richtung. Wie sie sicher wissen, ist der Golfclub im Gespräch mit einem Inverstor, der das alte Ruselhotel zu einem Wellness- und Golfhotel ausbauen will. Allerdings ist die Voraussetzung dafür, dass der Golfclub auf siebenundzwanzig Löcher erweitert. Hier gab es in der Vergangenheit Probleme, auf die ich momentan aber nicht eingehen will, da gibt es aber Hinweise, denen wir natürlich nachgehen. Mehr kann ich dazu momentan nicht sagen. Bitte die nächste Frage".

Wieder reckten sich viele Arme in die Höhe.

Ich wählte eine junge Dame aus der vorletzten Reihe.

„Eva Edlgruber, PNP, Deggendorfer Zeitung. --- Herr Kommissar, ist Herr Oberhuber, der Präsident des Deggendorfer Golfclubs, auch unter den Verdächtigen? Können sie uns etwas zu den Tatwaffen sagen und wann erhoffen sie sich eine Lösung des Falls?"

„Ja", erwiderte ich bereitwillig, „auch Herr Oberhuber gehört zu den Verdächtigen. Wir ermitteln, wie bereits erwähnt, in alle Richtungen. Und hier können wir den Golfclub nicht ausnehmen. Zu den Tatwaffen ist folgendes zu sagen: Herr Brunner, das erste Mordopfer, wurde mit seinem eigenen Gewehr erschossen, die zweite Tatwaffe, aller Voraussicht eine Pistole, wurde bisher leider nicht gefunden. Hier ermitteln wir noch. Eine Lösung des Falls erhoffen wir uns in den nächsten Tagen. Da sind wir sehr zuversichtlich. Die nächste Frage".

Diesmal wählte ich einen mir bekannten Redakteur in der vierten Reihe.

„Franz-Xaver Schober, Donau-Isarbote. Herr Kommissar, ich möchte von ihnen wissen, die Hauptfrage ist doch, warum wurden die beiden Morde begangen. Haben sie hier schon neue Erkenntnisse?"

„Herr Schober, ich würde die Frage gerne an Staatsanwalt Dr. Hofer weitergeben."

Herr Dr. Hofer räusperte sich und begann „Herr Schober, genau an diesem Punkt sind wir momentan. Herr Kommissar Breslmaier und seine Kollegin, Frau Stöcklgruber, sind hier auf dem besten Weg, einen Zusammenhang herzustellen, was aber nicht so einfach ist, da es mehrere Möglichkeiten gibt. Warum wird ein Mord begangen? Um sich einen Vorteil zu verschaffen, um Rache zu üben, um eine alte Streitigkeit zu beenden, aus Rachsucht, aus Eifersucht? Wie sie sehen, gibt so viele Möglichkeiten und die von mir Aufgeführten sind sicher noch nicht alle. Wir haben einen Hauptverdächtigen, der heute auch in Verwahrung genommen wurde. Aber bitte verstehen sie, dass wir heute nicht mehr dazu sagen können. Ich denke, wir sollten es damit bewenden. Ich danke ihnen."

Ein lautes Murren ging durch den Saal verbunden mit einigen lauten Zwischenrufen. Wir standen auf und gingen in Richtung unseres Büros. Wir verabschiedeten uns von Dr. Hofer und bekamen von ihm noch ein Lob für die gute und souveräne Pressekonferenz.

„Ist doch ganz gut gelaufen", meinte er abschließend.

Wir nickten, gingen in unser Büro und setzten uns an unsere Schreibtische. Auf meinem Tisch lag ein Notizzettel von Frau Unholzer: Bitte ruf mich sofort zurück!!! Drei Ausrufezeichen.

Ich griff natürlich sofort zum Telefon um zu erfahren, was Karin so dringend mitzuteilen hatte.

„Hallo Karin, hier ist der Franz. was gibt´s?"

„Franz, danke für den Rückruf. Ich habe in der Zwischenzeit nochmal den Lebenslauf vom Herrn Brunner durchgearbeitet. Eines ist mir aufgefallen, nachdem wir jetzt wissen, mit welcher Waffe Frau Würzinger erschossen wurde. Herr Brunner war von 1985 bis ins Jahr 1989 beim Bundesgrenzschutz in Deggendorf und jetzt kommt's: während dieser Zeit wurde eine SIG SauerP6 als gestohlen gemeldet. Ich habe auch mit seinem damaligen Vorgesetzten, Herrn Oskar Hollrotter, telefoniert. Er teilte mir mit, dass es eigentlich unmöglich ist, eine Waffe beim BGS zu klauen oder verschwinden zu lassen. Aber es passierte und der Vorgang konnte nie aufgeklärt werde. Der Hauptverdächtige damals war Herr Georg Brunner. Er versicherte mir auch, dass damals alles nur erdenkliche in die Wege geleitet wurde, um den Vorfall zu klären. Leider ohne Ergebnis, die SIG Sauer blieb verschwunden. Ist das nicht ein komischer Zufall?"

„Uff" … ich musste erst einmal tief durch schnaufen. Diese Information brachte alles neu auf Anfang. Wenn Herr Brunner wirklich die SIG Sauer damals mitgehen ließ…. Was konnte man daraus folgern? Ich musste jetzt erst einmal mit Mina darüber reden, sie informieren.

„Danke Karin, du hast uns sehr geholfen. Ich melde mich wieder bei dir", und beendete das Gespräch.

„Mina, es gibt neue Erkenntnisse", begann ich das Gespräch. Ich informierte sie über die Erkundigungen von Frau Unholzer und sie war genauso sprachlos wie ich.

„Ich denke, wir werden morgen nochmal mit Frau Brunner reden müssen. Vielleicht weiß sie etwas von der SIG Sauer, die ihr Mann damals, vor fast dreißig Jahren, höchstwahrscheinlich mitgehen hat lassen. Damit bekommt der Fall ganz neue Dimensionen. Aber das sollte für heute reichen. Ich bin

ganz schön erledigt. Ich muss heute noch zu meinem Stammtisch. Wir treffen uns morgen um sieben Uhr im Besprechungsraum. Ist das für dich OK?"

Frau Stöcklgruber meinte nur „Natürlich, passt schon. Ich
muss heute Abend auch noch einkaufen gehen. Mein Kühl-
schrank hat gähnende Leere und er möchte wieder gefüllt
werden. Also sehen wir uns morgen. Mal schauen, was morgen passiert."

Wir verabschiedeten uns und jeder ging seiner Wege. Ich
musste ja noch zu meinem Stammtisch, der jeden Donnerstag
im ´Goldenen Engel` stattfindet.

TAG 3 - FREITAG

Freitag sieben Uhr im Besprechungsraum der Polizeiinspektion in Deggendorf.

Wieder kündigte sich ein strahlender Tag mit hohen Tem-
peraturen an. Frau Stöcklgruber, Frau Unholzer und ich saßen
am Besprechungstisch. Vor jedem stand eine Tasse frischer,
dampfender Kaffee.

Ich eröffnete die Runde „Wir sollten uns nicht zu lange
aufhalten. Wir haben heute die Hausdurchsuchung von Herrn
Sobrotschick und Mina und ich besuchen die Witwe, Frau
Brunner. Wir haben die Überprüfung der Handydaten und
der Konten von Herrn Oberhuber und ansonsten hoffe ich,
dass Herr Sobrotschick durch die Nacht in der Zelle vielleicht

etwas einsichtiger geworden ist. Mehr können wir momentan nicht tun. Also, packen wir es an."

Damit war die Besprechung beendet und Frau Stöcklgruber und ich fuhren nach Bischofsmais zu Frau Brunner.

„Mina, ich denke es ist besser, wenn ich das Gespräch beginne. Wenn dir etwas auffällt, so kannst du natürlich gerne übernehmen. Passt dir das so?" Sie war damit einverstanden und so fuhren wir schweigend bis wir am Haus von Frau Brunner ankamen.

Wir klingelten. Nach kurzer Zeit öffnete uns Frau Brunner die Türe. Sie wollte natürlich wissen, warum wir schon wieder zu ihr wollten. Wir erklärten ihr, dass es neue Erkenntnisse geben würde und wir deshalb noch einige Fragen hätten. Sie bat uns herein und wir gingen mit ihr zusammen in das Wohnzimmer.

Ich begann das Gespräch „Liebe Frau Brunner. Wir möchten sie nicht zu sehr beanspruchen. Wir haben in den letzten Tagen einige Hinweise und Ermittlungen, die wir nicht oder schlecht zuordnen können. Daher sind wir nochmal bei ihnen. Wir haben im Lebenslauf ihres Mannes festgestellt, dass in der Zeit beim BGS in Deggendorf in den achtziger Jahren, eine SIG Sauer P6 Pistole abhanden gekommen ist und ihr Mann war damals der Hauptverdächtige. Es konnte ihm aber nichts nachgewiesen werden. Wissen sie, oder haben sie eine Ahnung, wo die Pistole eventuell versteckt sein könnte? Haben sie jemals von der Pistole etwas gesehen oder hat ihr Mann ihnen von der Pistole erzählt?"

Mit großen Augen schaute sie mich an.

„Nein, davon habe ich keine Ahnung. Georg hat mir davon nichts erzählt. Die Waffen waren immer seine Sache. Und wenn er die Pistole wirklich damals mitgenommen hat, so habe ich nichts mitbekommen. Georg war damals noch jung und etwas eigen."

„Es ist schon etwas komisch", meinte Frau Stöcklgruber, „dass der zweite Mord mit genau der gleichen Waffe begangen wurde, die Herr Brunner damals wahrscheinlich gestohlen hat. Aber es kann natürlich auch Zufall sein. Zufälle gibt es ja immer wieder, oder Herr Kommissar?"

„Ja", meinte ich „da kann ich nur beipflichten. Kennen sie übrigens die Geschichte, wo ich im Urlaub in Italien meinen Nachbarn ..."

„Ja, Herr Kommissar, die kenne ich, und sie waren auf demselben Schiff zur Gardaseerundfahrt wie ihr Nachbar mit Familie, so ein Zufall, unglaublich", unterbrach sie mich lächelnd, wurde aber umgehend wieder ernst.

Während unserem Gespräch schaute Frau Brunner immer wieder zu dem Foto und dem Sekretär am Fenster.

„Frau Brunner", meinte Frau Stöcklgruber „mir fällt auf, dass sie immer wieder zu dem Foto und dem Sekretär an der Wand schauen. Hat das etwas mit ihrem Mann zu tun? Mit dem Foto?"

Nein", meinte sie verlegen. „Ich weiß auch nicht. Vielleicht ist es das Foto, ein Bild aus unseren glücklichen Tagen. Es erinnert mich immer daran, wie schön es mit dem Georg war, wie wir das Leben miteinander genossen haben."

So recht überzeugte Mina die Aussage nicht. Das konnte ich deutlich sehen.

„Frau Brunner, ist es vielleicht nicht nur das Bild, zu dem sie immer wieder schauen? Könnten wir einmal einen Blick in den Sekretär werfen?"

Frau Brunner reagierte überrascht.

„Warum wollen sie denn hineinschauen. Ich weiß ja gar nicht, was der Georg da alles aufbewahrt hat. Das war sein Sekretär."

„Na genau deswegen wollen wir einen Blick hineinwerfen," entgegnete ihr Frau Stöcklgruber.

„Jetzt muss ich aber erst mal schauen, wo der Schlüssel für die Kommode ist. War ja dem Georg sein Heiligtum."

„Ah, da kann ich ihnen behilflich sein", schaltete ich mich mit ein. „Ich habe, wie ich den Schlüssel zum Waffenschrank gesucht habe, auch einen weiteren, einen antiken, Schlüssel gesehen und der könnte der passende zum Sekretär sein."

Ich stand auf und ging in Richtung Arbeitszimmer. Ich kannte mich ja schon aus. Ich öffnete die Schublade, in der der Schlüssel für den Waffenschrank lag und nahm den etwas antiken Schlüssel zu mir.

Nachdem ich wieder bei den beiden Damen im Wohnzimmer war, probierte ich den Schlüssel, steckte ihn in das Schloss und er passte. Ich öffnete die Abdeckung, unter der vier Schubladen zum Vorschein kamen.

Wenn man die Abdeckung aufmachte und nach unten gleiten ließ, war es ein richtig kleiner Schreibtisch mit vier Schubladen. Ich öffnete eine nach der anderen. Es waren sehr persönliche Gegenstände untergebracht: in der ersten oben rechts waren Briefe und Überweisungsformulare, in der zweiten darunter, Bargeld in großen Scheinen, in der dritten, links oben, war Schmuck, Manschettenknöpfe, Münzen und Anstecker, und in der vierten darunter waren persönliche Schreiben. Mir fiel auf, dass drei Schubladen genau gleich lang waren, nur die vierte, die links unten, war nur halb so lang wie die anderen.

Das machte mich neugierig. Ich zog die Schublade ganz heraus und griff mit der Hand hinein. Und wirklich: da lag etwas, was ich erfühlen konnte. Etwas metallisches. Ich legte meine Hand darum und zog es vorsichtig heraus.

Es war eine Pistole! Eine SIG Sauer, wie ich am Typenschild erkennen konnte. Ich überprüfte auch noch die Anzahl der Patronen. Und wirklich: eine fehlte!

Ich schaute zuerst Frau Stöcklgruber und dann Frau Brunner an, die sichtlich erschrocken mit großen Augen auf die Pistole starrte.

„Jetzt haben sie uns etwas zu erklären, Frau Brunner." meinte ich fordernd. „Ich gehe davon aus, dass wir die Pistole, mit der wahrscheinlich Frau Ingrid Würzinger erschossen wurde, jetzt bei ihnen gefunden haben. Die Überprüfung der KTU wird das letztendlich, und davon gehe ich aus, nur bestätigen. Mich würde brennend interessieren, was sie dazu zu sagen haben. Ich bin mir sicher, dass ihr Mann die Pistole vor über dreißig Jahren beim BGS in Deggendorf mitgenommen hat. Es war ihm damals leider nicht nachzuweisen. Und jetzt wird wahrscheinlich mit dieser Pistole Frau Würzinger ermordet. --- Warum? "

Frau Brunner war sichtlich geschockt. Ihre Hände waren verkrampft. Ihre Knöchel waren bereits ganz weiß. Sie hob ihren Blick und schaute mir in die Augen.

Traurig und doch mit fester Stimme begann sie, immer unterbrochen mit kleinen Verschnaufpausen:

„Mein Mann hatte seit Jahren mit Frau Ingrid Würzinger ein Verhältnis. Ich bin ihm vor etwa drei Monaten drauf gekommen. Ich habe ihn auch darauf angesprochen. Aber er wollte das nicht hören, er wollte mit mir nicht darüber reden --- Es wurde immer schlimmer und ich konnte damit nicht mehr umgehen. Es musste etwas passieren. Also plante ich, ihn zu bestrafen, letztendlich, ihn zu beseitigen. ---- Ich konnte ihn nicht mehr sehen, in seinem selbstgefälligen Gehabe, in seiner gespielten Liebenswürdigkeit. Ich musste es tun. Ich wusste keinen Ausweg. ---- Also plante ich, dass ich ihn mit seinem eigenen Gewehr erschieße. Aber die Spuren so lege, dass der Golfclub als Schuldiger und alleiniger Vorteilnehmer ins Spiel kommt. ---- Hat ja auch alles geklappt, wenn nicht Frau Würzinger selber mich gesehen hätte. Ich habe nach dem Schuss auf meinen Mann das Gewehr in sein Auto gelegt. Das

war eigentlich genial, wenn sie mich … Aber so hat sie mich erwischt und mir eine SMS geschickt, dass sie mich gesehen hat. Sie konnte ja auch eins und eins zusammenzählen. ----
Also verabredete ich mich mit ihr. Die SMS haben sie bestimmt gelesen. Alles Weitere kennen sie ja. Mein Fehler war sicherlich, dass ich die Pistole mitgenommen und bei mir im Hause wieder versteckt habe. Ich war mir viel zu sicher. ---
Aber wer konnte denn wissen, dass sie mich verdächtigen, dass sie von der Pistole erfahren? Der Diebstahl der Pistole ist doch auch schon so lange her. Ich wusste, dass mein Mannsie damals mitgehen ließ und auch, wo er sie versteckte: in seinem Heiligtum, in seinem Sekretär."

„Und warum konnten sie mit den beiden Waffen so gut umgehen?" wollte ich noch von ihr wissen.

„Ich war doch lange Zeit mit dem Georg auf der Jagd mit dabei", erklärte sie mir „und da hat er mir alles genau gezeigt. Hat mich auch sehr interessiert, damals. Wie man eine Waffe lädt, wie man zielt und wie man damit schießt. Aber in den letzten Jahren hat er mich nicht mehr mitgenommen. Jetzt weiß ich auch warum."

Wir hatten den Täter, wir hatten ein Geständnis und die Tatwaffen. Mehr gab es nicht zu machen. Wir nahmen Frau Brunner mit in unserem Auto. Sie musste zunächst das Geständnis in unserem Vernehmungsraum wiederholen, was aber sicher kein Problem war. Herr Dr. Hofer war dann beim Geständnis von Frau Brunner im Nebenraum mit anwesend.

Wir hatten den Fall gelöst.

Es gab nachfolgend noch eine turbulente Pressekonferenz.

Herr Sobrotschick wurde natürlich umgehend aus der U-Haft entlassen, mit dem Hinweis, dass die Kollegen von der Rauschgiftfahndung ihn sicher nochmal kontaktieren werden.

Den Kollegen aus Regen informierte ich ebenso umgehend, dass der Fall gelöst ist, was ihn sichtlich erheiterte. „Wieder mal gut ermittelt, Franz, habe ich nicht anders von dir erwartet", meinte er abschließend.

Herrn Oberhuber vom Golfclub konnte ich ebenso seiner Sorgen entheben und wünschte ihm für die Erweiterung des Golfclubs alles Gute. „Vielleicht überlege ich es mir doch nochmal, Golf zu spielen, man weiß ja nie", bemerkte ich noch abschließend, was er mit einer Einladung zu einem Schnupperkurs abschloss.

Ich erledigte noch meinen abschließenden Bericht und lehnte mich genüsslich und zufrieden auf meinem Bürostuhl zurück.

Frau Stöcklgruber saß mir gegenüber. Sie war mit irgendwelchen Abrechnungen beschäftigt. Daher räusperte ich mich kurz. Sie sah fragend zu mir herüber.

„Was meinst du, Mina, zum Otto? Auf eine Currywurst?"

„Ja, gerne – aber nur wenn Frau Unholzer mit dabei ist. Sie hat es so was von verdient. Du kannst sie ja gleich mal anrufen. Ich freue mich."

So war ich am frühen Abend unterwegs mit zwei hübschen Kolleginnen. Ich der Hahn im Korb. Der Abend konnte schöner nicht beginnen. Ah, da fällt mir doch die Geschichte ein von dem Abend im Bürgerspital in Plattling … Aber die erzähl ich ihnen beim nächsten Mal….

Epilog:
Es war gar nicht so schwierig, meine Ideen unterzubringen. Schwierig wurde es nur, wenn es um rechtliche Fragen und polizeiliche Abläufe ging. Aber Gott sei Dank gibt es Doktor Google, der mir dann immer hilfreich zur Seite stand. Bedanken möchte ich mich beim Karl Schafhauser für seine Hilfe, vor allem bei den Namen, bei Hans Direske als Lektor, bei Oskar Lehner für seine polizeiliche Zuarbeit und bei all meinen Freunden, die mich inspirierten und deren Geschichten ich immer wieder mit einbauen konnte. Und natürlich bei

meiner lieben Frau Jacqueline, die mir es ermöglichte, stö-
rungsfrei und gut versorgt meinen ersten Krimi zu schreiben.

Guy Honoré Siger

Der Gleiche Tag und der Tag Danach

Guy Honoré Siger

Der Gleiche Tag und Der Tag Danach

Liebe Leserinnen und Leser,

Willkommen in Malaïckas Welt, eine Frau, die sich auf eine Reise zwischen Paris und Französisch-Guayana begibt. Ihre Geschichte ist geprägt von Herausforderungen, geheimnisvollen Entdeckungen und Kräften, die ihr Leben beeinflussen.

Malaïcka trifft auf faszinierende Menschen, die ihr Leben beeinflussen und es komplett auf den Kopf stellen.

Jede Begegnung bringt neue Offenbarungen und tiefere Einblicke in eine Welt, die weit über das Alltägliche hinausgeht. Ihre Reise führt sie durch emotionale Höhen und Tiefen, während sie die Geheimnisse ihrer Herkunft und die außergewöhnlichen Fähigkeiten ihrer Kinder entdeckt.

Tauchen Sie gemeinsam mit Malaïcka in diese faszinierende Welt ein und lassen Sie sich von den unerwarteten Wendungen und tiefgründigen Einblicken in eine mystische Realität fesseln.

Viel Vergnügen beim Lesen.

Herzlichst,

Guy Honoré Siger

Wir befinden uns in Französisch-Guayana. Es ist Freitag, der 20. Juni 1979, 15:30 Uhr. Ransom und seine vier Kollegen machen sich nach der Arbeit in Remire-Montjoly, einem Vorort von Cayenne, auf den Weg in die Hauptstadt von Französisch Guyana. Die 10 Kilometer legen sie schweigend zurück, als wären sie in Trance. Ransom fährt, seine Augen starr auf die Straße gerichtet.

In Cayenne angekommen, lenkt Ransom das Auto in Richtung Place des Palmistes. Er hält vor einer ehemaligen Bar, die vor etwa 20 Jahren geschlossen wurde. Trotz des langen Leerstands scheint die Bar merkwürdigerweise in gutem Zustand zu sein. Schweigend, steigen alle aus und betreten die Bar.

Drinnen wirkt alles überraschend intakt, als ob die Zeit stehen geblieben ist. Die Theke ist aus poliertem Ebenholz, dessen dunkle Oberfläche im schwachen Licht der wenigen verbliebenen Lampen schimmert, Die Wände sind verkleidet mit hellbraunem Kork um die Geräusche der Klienten zu dämmen und eine gemütliche Atmosphäre zu schaffen.

Über der Theke hängen alte, kunstvoll verzierte Spiegel, die das Licht reflektieren und den Raum grösser erscheinen lassen.

Ein Barkeeper steht hinter der polierten Theke, seine Bewegung fließend und routiniert, als hätte er nie aufgehört zu arbeiten. Die Männer die gerade eingetreten sind, nicken dem Barkeeper schweigend zu, bevor sie nacheinander in Richtung der Toiletten verschwinden, um sich frisch zu machen.

Während sie zur Theke zurückkehren, erwartet sie dort eine Reihe von fünf Gläsern, jedes gefüllt mit einem seltsam leuchtenden Getränk. Die Atmosphäre ist beinahe feierlich, die Stille im Raum dicht und erdrückend, als ob die Wände selbst das Gewicht eines unsichtbaren Rituals tragen würden.

Ohne ein Wort zu wechseln, ergreifen die Männer die Gläser und heben sie gleichzeitig an ihre Lippen. Der Barkeeper, der ebenfalls ein Glas nimmt, schließt sich ihnen an. Die Szene wirkt unheimlich, die Stille verstärkt den Eindruck eines geheimen, rituellen Geschehens.

Plötzlich, nach dem ersten Schluck, beginnt der Barkeeper, der die Getränke ausgegeben hat, sich vor aller Augen in Luft aufzulösen. Seine Gestalt wird immer durchsichtiger, bis er schließlich vollständig verschwindet. Ebenso lösen sich die vier

Männer, die mit Ransom gekommen waren, spurlos
auf, als ob sie nie dort gewesen wären.

Ransom bleibt allein zurück in der verlassenen
Bar. Er ist ruhig und gelassen, denn diese
mysteriösen Ereignisse sind ihm offensichtlich
nicht unbekannt. Er blickt sich um und nimmt die
Stille in der Bar in sich auf. Die Luft ist erfüllt von
einer unheimlichen Ruhe, die nur von dem leisen
Summen der Neonlichter durchbrochen wird.

Was ist das für ein Ort? Was haben die Männer
getrunken? Und wieso haben sich alle, außer
Ransom, in Luft aufgelöst? Wer ist dieser Mann?

Kapitel Zwei

Freitag Juni 1979, 11 Rue Lepic, unweit von
Moulin Rouge in Richtung Montmartre neben der
„Pharmacie Générale", wohnt Malaïcka im 9. Stock
in einem zeitgenössisch möblierten Studio.

Das Studio ist modern und stilvoll eingerichtet,
mit klaren Linien und eleganten Möbeln. Eine
gemütliche, cremefarbene Couch steht vor einem
niedrigen Couchtisch aus dunklem Holz, auf dem
ein paar Bücher und eine kleine Vase mit frischen
Blumen liegen. Große Fenster lassen das späte
Nachmittagslicht herein, dass den Raum in
warmen Tönen erhellt.

An einer Wand hängt ein abstraktes Gemälde in
kräftigen Farben, das einen lebendigen Kontrast
zu den dezenten Grautönen der Wände bildet. Ein
schlichter Schreibtisch steht in der Ecke, darauf
eine alte Schreibmaschine und ein Stapel Papier.
In einer anderen Ecke des Raumes befindet sich
ein Bücherregal, voll mit Büchern und kleinen
Dekorationsgegenständen, die einen Hauch von
Persönlichkeit und Charme in den Raum bringen.
Überall im Studio sind dekorative Dinge verstreut.

11

Bunte Masken und handgeschnitzte Statuen aus
Holz, traditionelle Körbe und Webarbeiten, sowie
ein paar Steine, die sie offensichtlich von den
Stränden gesammelt hat, verliehen dem Raum eine
exotische Note.

Malaïcka sitz gemütlich auf ihrem Sofa, eine Tasse
Tee in der Hand, vertieft in Gedanken. Leise Musik
spielt im Hintergrund, während sie in die Ferne
starrt und über die Zukunft nachdenkt. Der Duft
von frischem Tee und die sanften Klänge der Musik
schaffen eine Atmosphäre der Ruhe und Reflexion
die sie braucht, während sie ihre Pläne für die
Zukunft schmiedet.

Malaïcka ist eine beeindruckende Erscheinung.
Mulattin, mittelgroß und schlank, mit krausen
Haaren, die ihr Gesicht wie eine Löwenmähne
umrahmen. Ihre Augen sind nicht nur lebendig,
sondern auch tief und ausdrucksstark, als könnten
sie in die Seele eines Menschen blicken.

Ihre Haut strahlt in einem warmen, goldenen Ton,
der im Sonnenlicht besonders zur Geltung kommt.
Malaïcka hat eine offene und herzliche Art, die sie
in der Nachbarschaft sehr beliebt macht. Sie ist

bekannt für ihr ansteckendes Lachen und ihre
Fähigkeit, jedem ein Lächeln ins Gesicht zu
zaubern. Ihre Freundlichkeit und ihr mitfühlendes
Wesen machen sie zu einer geschätzten Freundin

und Nachbarin, bei der man sich stets willkommen fühlt.

Sie hatte sich sicherlich ein besseres Viertel als das 18.Arrondissement gewünscht, dennoch ist sie froh, dass Sie überhaupt etwas bezahlbar es gefunden hat. Außerdem gewöhnt man sich an alles, hatte sie sich letztendlich gesagt.

Nach vielen Jahren in denen sie als Geschäftsführerin einer kleinen Firma, tätig war, hat die Firma mangels Aufträge, Insolvenz angemeldet und Malaïckas Stelle wurde gestrichen.

Es sind nun schon zwei Monate vergangen, und sie ist immer noch auf der Suche nach einem neuen Job. Ihre Existenz hängt in der Schwebe, während sie verzweifelt versucht, aus dem Sumpf der Arbeitslosigkeit zu entkommen. In verschiedenen Pariser Zeitungen wie z.B. „Petites Annonces" inseriert sie, in der Hoffnung, die Aufmerksamkeit potenzieller Arbeitgeber zu erregen.

Sie setzt alles daran, sich von ihrer besten Seite zu präsentieren und ihre umfangreichen Fähigkeiten und Erfahrungen hervorzuheben.

Doch trotz ihrer größten Bemühungen bleiben die Antworten aus. Die Stille des Ungewissen lastet schwer auf ihren Schultern, und jeder Tag ohne Rückmeldung lässt ihre Sorgen wachsen.

13

Sie überprüft täglich ihre Briefe, in der Hoffnung
auf positive Nachrichten, doch die ersehnten Antworten bleiben aus. Die finanzielle Unsicherheit
und die ständige Angst vor Arbeitslosigkeit zehren
an ihren Nerven.

Nach einiger Zeit schwindet jedoch die Hoffnung
auf Aussicht einer neuen, angemessenen Erwerbs-
tätigkeit und Malaïcka wird sich der Realität ihrer
Situation bewusst. Es fühlt sich so an, als würde
das Schicksal ihr einen bitteren Streich spielen.

So reift in ihr der Plan heran, in ihr Heimatland
Französisch-Guyana zurückzukehren, wenn sie
bald keine neue Anstellung findet.

Je länger sie hierüber nachdenkt, desto vielver-
sprechender scheint dieser Plan zu sein. Sie wird
dann endlich wieder mit ihren Kindern, ihrer Mutter und ihrem Mann Ransom vereint sein. In den
letzten sieben Jahren hatte sie diese nur zwei Mal
im Jahr in den Ferien besuchen können.

Sie hofft auch, dass die neuen Möglichkeiten, die
das Raumfahrtprogramm in Guyana bietet, ihr
helfen könnten, schneller eine Anstellung zu finden und somit die finanzielle Stabilität ihre Familie wieder zu sichern.

Ransom, ihr Mann, blieb damals in Guyana, weil
er eine feste Arbeit am Hafen hat und sich um die

Kinder sowie um Odile, Malaïckas Mutter, kümmert, die inzwischen älter geworden ist.

Der Gedanke zurück in ihre Heimat zu kehren zieht sie in seinen Bann, umhüllt sie wie ein mysteriöses Geheimnis. Sie hat nun genug von der Distanz und der Sehnsucht, die ihr Herz quält. Paris, die strahlende und vielversprechende Stadt, in der sie vor sieben Jahren ankam, verblasst im Vergleich zu dem Licht, das sie erwartet, wenn sie in Guyana ihre Kinder in die Arme schließen kann.

Die Zeit drängt, Ersparnisse schwinden und Malaïcka muss schleunigst eine Entscheidung treffen. Somit scheint die Rückkehr zu ihrer Familie der einzig vernünftige Ausweg zu sein, solange sich in Paris keine neue Möglichkeit aufmacht.

Nachdem Malaïcka erneut eine Absage bezüglich eines Jobs erhält beschließt sie also, dass es Zeit ist, ihre Koffer zu packen und den Flug nach Cayenne anzutreten.

Obwohl sie in ihre Heimat zurückkehrt, spürt sie, dass Unbekanntes vor ihr liegt. Nichts desto trotz erfüllt sie eine innere Gewissheit, dass dies die richtige Entscheidung ist. Sie wird mit ihrer Familie in eine neue, hoffnungsvolle Zukunft starten.

Kapitel Drei

In Cayenne angekommen, wird sie mit der harten
Realität konfrontiert: die Suche nach einer
Anstellung gestaltet sich jedoch schwere als
erwartet, Verzweiflung umklammert ihr Herz,
während sie mit aller Kraft darum kämpft, ihre 14-
jährigen Zwillinge, Julienne und Marc, zu
versorgen. Ihr Ziel eigentlich klar definiert: Ihren
Liebsten ein behütetes Zuhause zu bieten und
stets in ihrer Nähe sein.

Während sie hartnäckig nach Arbeit sucht, bietet
Malaïcka ihre Dienste als Babysitterin und
Nachhilfelehrerin in der Nachbarschaft an, um
ihre Familie über Wasser zu halten. Es gestaltet
sich schwierig, mit dem Einkommen von Ransom
allein auszukommen.
Die Ungewissheit ihrer Zukunft hängt wie ein
dunkler Schatten über ihr, während sie erneut auf
eine Zusage hofft.

Umso erleichterter ist sie, als sich eine neue Möglichkeit auftut. Malaïcka erhält das Angebot als
Marktleiterin in einem angesehenen Modegeschäft
in Kourou zu arbeiten.

Es füllt sich an wie ein Rettungsanker der sie aus
dem Sumpf der Arbeitslosigkeit holt.
Obwohl sie sich insgeheim nach einer Stelle in
Cayenne gesehnt hatte, die Stadt in der sie zuhause ist, ergreift sie die Gelegenheit, ohne zu zögern.

Die 63 Kilometer zwischen Kourou und Cayenne
sind mehr als nur eine Distanz auf der Landkarte;
sie sind eine Hürde, die Malaïcka täglich überwin-
den musst. Mit dem Arbeitsvertrag erhält sie ein
kleines Apartment, das sich eine Etage über dem
Geschäft befindet, in dem sie die Woche überleben
kann. Dies gibt ihr zumindest einen Hauch von
Stabilität, sodass sie anstatt täglich nur am Wochenende nach Hause und zurück nach Kourou
pendeln muss. Die Entscheidung, dieses Angebot
anzunehmen fällt ihr nicht leicht, doch sie hofft sie
hierdurch auf eine bessere Zukunft für sich und
ihre Familie.

In Kourou, eine der größten Gemeinden
Französisch-Guayanas, gibt es viel zu entdecken.
Als Übersee-Departement von Frankreich
beherbergt Kourou seit 1968 das Guyana Space
Centre, ein Zentrum voller wissenschaftlicher
Innovationen und Raumfahrtaktivitäten. Der Ort
ist bekannt für seine bedeutenden Raketenstarts
und technologischen Durchbrüche, die ihn zu einem Brennpunkt der internationalen Raumfahrt
machen.

17

Die Einheimischen und Besucher sind gleicherma-
ßen fasziniert von den majestätischen Starts, die
regelmäßig den Himmel erhellen und das Potenzial
der menschlichen Erkundung und Technologie de-
monstrieren.

Inmitten dieser futuristischen Atmosphäre bietet
Kourou auch eine reiche Kultur und Geschichte,
die die traditionelle Lebensweise der Einheimischen mit dem Fortschritt des Raumfahrtzentrums
verbindet. Malaïcka ist von der Stadt fasziniert. Sie
spürt die Energie und den Fortschritt, die von
diesem einzigartigen Ort ausgehen, und fühlt sich
inspiriert von den Möglichkeiten und Chancen, die
Kourou zu bieten hat.

Malaïcka steht einiges bevor. In der Einsamkeit
von Kourou wird sie nicht nur auf Hindernisse
Stoßen, sondern auch auf eigene verborgene Fähigkeiten und Stärken. Mit jeder Herausforderung,
die sie überwindet, wachsen ihre Entschiedenheit
und ihr Mut.

Nachdem Wochen und Monate vergangen sind,
wird Kourou nicht nur allmählich zu Malaïckas,
zweiten Zuhause, sondern auch zu einem Ort, an
dem sie sich weiterentwickeln und entfalten kann.
Sie hat sich bereits an das Pendeln gewöhnt, jeden
Montagmorgen hinaus und am Freitagnachmittag
wieder zurück nach Hause.

Diesen Freitagnachmittag steht die Sonne schon tief am Horizont. Malaïcka spürt, dass eine Aura der Spannung in der Luft liegt. Sie ist gerade dabei voller Vorfreude aufs Wochenende in aller Hektik das Geschäft zu schließen.

Sie hat es eilig die letzte Fähre nach Cayenne zu erwischen. Daher zählt jede Minute.

Im Laden ist es drückend heiss, sie ist erledigt noch die letzten Schritte. Macht den Kassensturz, sichert und verstaut wichtige Dokumente und schaltet schließlich das Licht aus. Sie hat schon ihre Routine. Sie schließt die Tür hinter sich und lässt das Rollgitter runter.

Ein Blick auf ihre Uhr verrät ihr, dass die Zeit viel zu schnell verging. Daher eilt sie mit zitternden Händen zum Auto und fährt los Richtung Fähre.

Als sie den Motor startet, knistert das Radio. Plötzlich erklingt dennoch eine vertraute Melodie, "Henri Salvador" Sänger aus Cayenne mit seinem Song "Jardin d'hiver", welches die Atmosphäre auflockert und Malaïcka für einen Moment entspannen lässt.

Malaïcka ist verzaubert von der Musik während sie die Serpentinen entlangfährt.

19

„Je voudrais du soleil vert
Des dentelles et des théières
Des photos de bord de mer
Dans mon jardin d'hiver „

Die sanften Klänge und die nostalgischen Texte
wecken Erinnerungen an vergangene Zeiten, und
lässt sie die Hektik der Tag vergessen.

Sie ist wie in Trance. Das warme Licht der Stra-
ßenlaternen erzeugt ein flimmerndes Lichtspiel
das sich mit dem Schatten der Bäume mischt. Es
ist 16:30 Uhr, die Sonne geht langsam unter.

Malaïcka spürt eine innere Ruhe, doch die Stille
wird jäh unterbrochen, als sie sich einer Kurve
nähert. Plötzlich spürt sie eine angespannte Stim-
mung, sie verlangsamt ihre Fahrt, und bereitet
sich innerlich auf was auch immer hinter der
nächsten Kurve liegen könnte vor.

Sie erkennt eine unheimliche Gestalt die aus dem
Schatten der Straße auftaucht. Diese scheint langsam auf die dunkle Straße zu schleichen. Malaïckas
Herz schlägt schnell, sie erkennt, dass es sich
nicht um ein gewöhnliches Tier handelt. Es ist ein
Gürteltier, ein Tatou. Diese bekommt man nur
sehr selten in dieser Gegend zu sehen.

Sie bremst abrupt, schaltet die Warnblinker an
und tritt entschlossen aus dem Auto, ihre Augen
auf das seltsame Geschöpf gerichtet. Die Nacht
um sie herum ist still, das Schweigen fühlt sich
schon fast bedrohlich an. In dieser Stille kann
man das Pochen ihres Herzens ausmachen. Malaïcka empfindet plötzlich Mitgefühl mit diesem
Wesen und hat den Drang ihm zu helfen.

Behutsam hebt sie das scheue Geschöpf in ihre
Hände, als würde sie einen kostbaren Schatz
bergen, und trägt es vorsichtig zurück in sein
natürliches Umfeld, in die dichten Gebüsche, die
sich im Nu schützend um das Tier ranken.

Malaïcka spürt die Letzen Strahlen die die Sonne
aussendet auf ihrer Haut, während sie beobachtet,
wie das Tatou sich im Gebüsch zurechtfindet. Es
kauert sich zusammen und seine Schuppen bilden
eine schützende Rüstung um seinen Körper.

Langsam zieht es sich ins Dickicht zurück und
verschmilzt mit Flora und Fauna bis es verschwindet und Malaïcka es nicht mehr mit bloßen Augen
ausmachen kann.

Ein magischer Moment für Malaïcka. Sie lässt dieses Geschehen einen Augenblick lang auf sich wirken und spürt eine rätselhafte Verbindung zu diesem Wesen.

Die Natur hat ihre Fäden gesponnen und
Malaïcka ist nur eine vorübergehende Figur in
diesem komplexen Netzwerk.
Doch das Gefühl heute, etwas Bedeutsames voll-
bracht zu haben, lässt ihr Herz schneller schlagen.
In dieser flüchtigen Begegnung hat sie einen kleinen Teil der Welt berührt und vielleicht, ganz vielleicht, etwas in Bewegung gesetzt, dass weit über
ihr eigenes Verständnis hinausgeht, denkt sie. Sie
spürt, dass das Erlebnis gerade alles andere als
gewöhnlich war.

Mit unruhigen Gedanken kehrt sie rasch zu ihrem
Auto zurück.
Auf ihrem weiteren Weg zur Fähre lässt sie das
eben Geschehene Revue passieren. Es fühlt sich
an, als hätte sie eine Tür voller Möglichkeiten und
Geheimnisse geöffnet, die sich nicht mehr so leicht
schließen lässt.

Nun ist sie schon fast bei der Fähre. Das letzte
Schild verkündet: "Bac Direktion Cayenne - 2 Kilometer". Die Fähre also in greifbarer Nähe, doch
Malaïcka spürt eine unsichtbare Barriere vor sich
auf der Straße. Ihren Blick der auf die Straße gerichtet ist, wird getrübt und plötzlich steht ein
Mann mitten auf der Straße, nur wenige Autolän-
gen entfernt.

Er scheint aus dem Nichts aufgetaucht zu sein.
Sein Aussehen verriet eine Verbindung zu den
Indianerstämmen die in entlang des Kourou
Flusses Leben. Malaïcka ist beunruhigt und ver-
wirrt. Sie erkennt, dass der Mann mit ihr spricht,
doch kann sei seine Worte nicht verstehen.

Es scheint als sei der Mann in einer anderen Di-
mension gefangen und trotz aller Bemühungen
können seine Worte Malaïcka nicht erreichen. Malaïcka beschließt ihn mit zur Fähre zu nehmen,
vielleicht kann ihm dort weitergeholfen werden.

Sie öffnet die Beifahrertür um ihn hereinzubitten.
In just diesem Moment erstarrt sie vor Schreck.
Auf ihrer Rückbank liegt doch tatsächlich das
Tatou, das sie eben noch ins Dickicht abgesetzt
hat.

Sie versucht sich zu erinnern. Sie hat es doch zuvor im Gebüsch freigelassen. Wie kann es hierher-
gelaufen? Passiert das wirklich?

In der Zwischenzeit hat sich der Unbekannte
Mann auf den Beifahrersitz schweigend und geis-
tesabwesend gesetzt. Malaïcka dreht sich noch
einmal zum Tatou um, es hat sich auf der Rückbank gemütlich eingekuschelt.

Sie hat nicht mehr viel Zeit bis die Fähre den Hafen verlässt, sie kann jetzt nicht länger hierüber

nachdenken. Also startet sie das Auto, jedoch überkommt sie Gänsehaut am ganzen Körper. Irgendetwas seltsames geht hier vor und sobald sie auf der Fähre ist, muss sie die verschiedenen Puzzleteile zusammensetzen.

Endlich erreicht sie den Hafen. Alfonse, ein Fährenmitarbeiter begrüßt sie mit einem verschmitzten Lächeln.
„Gerade so rechtzeitig" ruft er ihr zu, „da habe ich wohl meine Wetter verloren!".

Malaïcka versucht sich von den unerklärlichen Geschehnissen nichts anmerken zu lassen. Sie lächelt freundlich zurück.
Alfonse und die anderen Mitarbeiter haben gewettet, dass Malaïcka die Fähre verpassen würde, aber heute hat sie es wieder einmal rechtzeitig geschafft.

Kapitel Vier

Die Sonne neigt sich bereits dem Horizont entgegen, doch die drückende Hitze liegt immer noch schwer in der Luft Mit einer Stimme, in der ein Hauch von Verzweiflung mitschwingt, bittet Malaïcka Alfonse um einen Gefallen.

Alfonse sollt sich vergewissern, dass alles in Ordnung ist, während sie auf die Fähre ein- und ausfährt. Alfonse, der Malaïckas Sorgen gut kennt, willigt ein und übernimmt die Aufgabe, ihr Fahrzeug auf die Fähre zu bringen.

Erleichtert steigt Malaïcka aus dem Auto und beobachtet, wie Alfonse es geschickt auf die Fähre manövriert. Ein vertrauter Ablauf.
Nachdem das Auto sicher auf die Fähre eingefahren wurde, steigt Alfonse aus und reicht ihr die Autoschlüssel. Er hat einen merkwürdigen Gesichtsausdruck, und Malaïcka bemerkt, dass er etwas loswerden möchte.

Er zögert kurz, bevor er flüstert: „Malaïcka, es ist verboten, Gürteltiere aus ihrem natürlichen Lebensraum zu entfernen". Seine Stimme ist eindringlich, und er schaut sie ernst an.

Mit einem schnellen Blick um sich herum und den
Zeigefinger an den Lippen gepresst macht er ein
leises „Pssst"-Geräusch, um zu signalisieren, dass
er nicht vorhat, sie zu verraten. „keine Sorge",
flüstert er, „ich werde nichts sagen. Aber sei
vorsichtig, okay?"

Malaïcka dankt Alfonse, Ist jedoch überrascht von
seiner Reaktion. Sie hätte eher damit
gerechnet, dass er sich über den Mann äußert, der
noch immer auf ihrem Beifahrer sitz ist.

Den Schlüssel noch in der Hand, steigt sie ins
Auto und betrachtet den alten Mann, der immer
noch regungslos dasitzt und ins Leere starrt. Eine
unheimliche Aura scheint ihn zu umgeben, und
Malaïcka bekommt eine Gänsehaut. Sie steigt aus
dem Auto aus und dreht wie jeden Freitag ihre
gewöhnliche Runde auf der Fähre. Aber sie kann
sich gedanklich schwer von dem Mann lösen.

Warum ist er so seltsam? Welche Geschichte
verbirgt sich hinter seinem stummen Verhalten?

Die Fähre setzt sich langsam in Bewegung, und
Malaïcka kann das sanfte Rauschen des Wassers
hören. Ihre Gedanken sind bei dem Mann und
den mysteriösen Vorkommnissen.
Was hat es mit dem Tatou auf sich?

Wieso ist es auf einmal im Auto. Warum hat Alfonse so geheimnisvoll reagiert?

Was ist das für ein seltsames Gefühl, das über sie kam, als sie den Mann ansah?

Während die Fähre ihren Weg durch das Wasser bahnt, kann Malaïcka nicht anders, als über all diese Fragen nachzudenken.

Alfonse der sonst so mitteilsam ist, hat kein Wort über den Mann verloren. Es ist sehr seltsam, und es beunruhigt sie.

Wie jeden Freitagnachmittag versammelt sich hier zahlreiche Menschen, um die Fähre von Kourou nach Cayenne zu besteigen. Die meistens von ihnen sind Pendler, genau wie Malaïcka, die das Wochenende zu Hause verbringen wollen.

Alles ist wie immer, Malaïcka sieht freitags immer dieselben Gesichter, die sich aus Deck der Fähre drängen. Die Fahrt selbst ist von Langeweile und Monotonie geprägt, doch die Menschen vertreiben sich die Zeit indem sie miteinander plaudern.

Das Deck ist weitläufig und es gibt viele Passagiere, die aus einem bunten Sammelsurium von Menschen unterschiedlichster Herkunft und Hintergründe bestehen.

27

Manche unterhalten sich angeregt, während andere still in Gedanken versunken sind.

Die monotone Geräuschkulisse des Schiffsmotors begleitet sie auf ihrer Reise, während das sanfte Schaukeln der Fähre eine gewisse Gelassenheit vermittelt.

Wenn man in angenehmer Gesellschaft ist, vergeht die Zeit wie im Flug. Die Passagiere tauschen Geschichten, Erlebnisse und Träume aus, während sie die endlosen Weiten des Wassers betrachten.

So entstehen schnell Freundschaften, die auf dieser regelmäßigen Überfahrt ihren Ursprung fanden.
Das Rauschen der Wellen und das gelegentliche Zwitschern der Vögel begleiteten die Gespräche und verleiht auch diesem Ort etwas Magisches. Hier entfliehen die Passagiere den Alltag, die Überfahrt verbindet sie Woche für Woche und der Großteil freut sich schon immer auf Freitagnachmittag, wenn man erneut zusammenkommt und Erlebnisse austauscht.

Malaïcka begrüßt einige vertraute Gesichter und tauscht ein paar oberflächliche Worte aus als ihr auffällt, dass sich niemand nach ihrem Beifahrer erkundigt.

Das ist ungewöhnlich und lässt sie, stutzig
werden. Von ihrem Standpunkt aus, durch das

Fenster ihres Autos, ist der Man gut sichtbar,
sitzend auf dem Beifahrersitz.

Doch anstatt rauszukommen, sich zu bewegen,
mit den anderen Passagieren interagieren, sitzt er
regungslos da, wie eine Statue, als sei er in einem
tiefen Schlaf.
Ein unbehagliches Gefühl macht sich in Malaïckas
Innerem breit. Ihr Herz beginnt schneller zu schlagen, und sie fragt sich, was mit ihrem Beifahrer
nicht stimmt.

Sie beobachtete ihn genauer, doch sein Gesicht
verrät keine Anzeichen von Unwohlsein. Kein
Zucken, keine Regung. Er sitzt da, abgeschnitten
von der Außenwelt.

Ein unerwarteter Schauer durchfährt Malaïcka,
als sie die Tür öffnet, und in das Auto eintritt.
Die Stimmen der anderen Menschen verblassen
als sie sich dem Rätsel auf dem Beifahrersitz nähert. Sie hat den Eindruck, dass die Blicke der
Mitreisenden auf ihr ruhen, doch sie ignoriert sie
und konzentriert sich auf den Unbekannten.

Sie muss jemanden finden der ihm hilft, und das,
bevor sie in Cayenne ankommen. Sie denkt daran,
dass Alfonse kein Wort über den Mann verlor.

Sie steigt aus dem Auto aus und geht Richtung Kabine, wo Alfonse und seine Kollegen sich während der Überfahrt befinden.

Sie ruft nach Alfonse und fragt ihn, ob er herausfinden kann zu welchem Stamm der Mann in ihrem Auto gehört. Malaïcka erklärt ihm, dass sie ihn auf dem Weg zur Fähre aufgelesen habe, etwa bei Kilometer 2. und er orientierungslos schien.

„Da es bereits spät war, und wir uns nicht verständigen könnten, habe ich ihn mitgenommen, in der Hoffnung, dass jemand ihm hier weiterhelfen kann“, sagt sie.

Alm Auto angekommen, fragt Alfonse ernst:
„Wen meinst du?“
„Na den Mann da drin, auf dem Beifahrersitz!“ antwortet Malaïcka.
Alfonse schaut sie verwirrt an, er kann niemanden sehen. Er denkt, Malaïcka macht einen Scherz und lacht unsicher. „Willst du mich veräppeln? Da ist doch niemand.“

Malaïcka schüttelt den Kopf, sie lächelt, ist jedoch sichtlich irritiert.

„Da ist niemand, Malaïcka. Was soll das?“

Malaïcka spürt eine Gänsehaut über ihren Rücken laufen. „Ich sehe ihn doch ganz deutlich", flüstert sie und beginnt an ihrem eigenen Verstand zu zweifeln.

Es ist merkwürdig, aber jetzt versteht sie wieso sich bisher, niemand über ihn geäußert hatte. Sie ist offensichtlich die Einzige, die in der Lage ist ihn zu sehen.

Natürlich fragt sie sich, warum gerade sie. Sie hat schon viel über okkulte Dinge, Voodoo -Rituale und Erscheinungen gehört, hatte jedoch nie selbst eine persönliche Erfahrung damit gemacht. Wobei bei genauerem Nachdenken erinnert sie sich an einen Vorfall aus ihrer Kindheit, den sie offensichtlich jahrelang ver- drängt hatte.

Damals, als sie noch ein kleines Mädchen war, hatte es eine seltsame Nacht gegeben. Es war ein Abend voller unheimlicher Trommelrhythmen und flackernden Kerzen.

Es war am Strand, der Ort war belebt mit vielen Menschen, darunter zahlreiche ihrer Familienmit- glieder und Beobachter. Die Atmosphäre war von einer seltsamen Spannung erfüllt. Plötzlich wurde sie beim Namen gerufen und aufgefordert, sich in die Mitte eines großen Kreises zu begeben, der von den Erwachsenen gebildet wurde. Die Fackeln

31

rund um den Kreis warfen flackernde Schatten
und erhellten die Szenerie mit einem gespensti-
schen Glanz, während laute Trommeln den Hintergrund erfüllten und den Rhythmus des Abends be-
stimmten.

Ein Mann, der offensichtlich die zentrale Rolle in
dem Ritual spielte, trat langsam auf sie zu.

Seine Gestalt war von den flackernden Lichtern
der Fackeln umrandet, und sein Gesichtsausdruck
ernst. Mit fester Stimme erklärte er, dass sie vor
bösen Geistern geschützt werden müsse und dass
dazu eine Taufe durchgeführt werden würde.

Die Worte des Mannes, zusammen mit dem
eindringlichen Trommelschlag und der gesamten
mysteriösen Atmosphäre, ließen sie in einen
tranceähnlichen Zustand gleiten.

„Du bist etwas Besonderes, Malaïcka," hatte der
Priester gesagt. „Du wirst Dinge sehen und spüren, die andere nicht wahrnehmen können. Nutze
deine Gabe weise." Er hielt ein Messer in der
Hand, köpfte ein Huhn und ließ dessen Blut über
sie fließen.

Noch heute spürt Sie das warme Kribbeln über ihren Körper, als der Mann mit gezielten Schnitten
sie an der linken und rechten Seite einritzte, und
schließlich die Asche von ihr verstorbene Oma in

die Wunde einführt, ein schützendes Ritual, vor
spirituellen Gefahren.

Seltsam war, dass die gezielten Einschnitte an der
Seite ihres Körpers sich unmittelbar nach dem Ritual wie von selbst schlossen. Diese spontane Heilung war für die Anwesenden der Ritualnacht besonders verblüffend.

Selbst für dieses Publikum, das bereits außergewöhnliche magische Ereignisse erlebt hatte, war
diese spontane Regeneration etwas besonders Faszinierendes.

Malaïcka kann sich nicht genau erinnern, wo das
Ritual stattgefunden hatte oder wie ihre Kindheit
sonst war. Nur diese eine Szene, dieses außergewöhnliche Ereignis, ist ihr noch in Erinnerung geblieben.

Diese Erfahrung hat sie bis heute nicht vollständig
verarbeitet, geschweige denn verstanden. Sie
denkt, dass dies ein Hinweis darauf sein könnte,
dass es vielleicht mehr in dieser Welt gibt, als das
bloße Auge sehen kann.

Kapitel Fünf

Malaïcka beobachtet, wie Alfonse sich Richtung Kabine begibt. Da sie kein Aufsehen erregen möchte, und auf keinesfalls als verrückt abgestempelt werden möchte, versucht sie sich so normal wie möglich zu verhalten. Sie wirft einen Blick auf den Mann, der ganz zu ihrer Überraschung jetzt ein freundlicheres Gesicht macht.

Er wirkt, als sei er gerade aus einem tiefen Schlaf erwacht und schaut erwartungsvoll zu ihr hinüber.
"Wieso ich?", fragt sie sich innerlich. Sie lehnt sich an die Tür der Beifahrerseite.

Nun beugt sie sich zu ihm und fragt: „Wieso kann ich dich sehen, die anderen jedoch nicht?"
Sie fixiert ihn und wartet sehnsüchtig auf eine Antwort.

Es vergeht gefühlt eine halbe Minute, bis sie eine Antwort erhält, und es scheint, als ob diese direkt in ihr Gehirn übertragen worden wäre.
Du bist nicht die Einzige, Malaïcka, glaubt sie verstanden zu haben.

Sie fragt ihn nach seinem Namen.

„Horla!" antwortet er.

„Horla" wiederholt Malaïcka zögernd, als ob sie
den Klang des Namens in ihrem Kopf festhalten
wollte.

„Bist du wirklich hier, oder existierst du nur in
meinem Kopf?"

Der Mann, der sich selbst Horla nennt, lächelte
gelassen und erwidert: „mein Name, Malaïcka, ist
eigentlich unwichtig. Wichtig ist nur, dass ich für
dich real bin, dass du mich sehen und mit mir
sprechen kannst. Das allein zählt. Ob ich in deiner
Realität oder nur in deinem Geist existiere, spielt
keine Rolle, solange du mich als real wahrnimmst.

Wie du siehst, bin ich für dich real, und das
zählt." Als sie den Namen hört, erschrak Malaïcka
kurz.

Der Name „Horla" weckte in ihr eine Erinnerung
an „Guy de Maupassants Erzählung", in der eine
unheimliche Kreatur die Hauptfigur in den
Wahnsinn treibt.

Die Vorstellung, dass diese Kreatur möglicherweise nur ein Produkt aus der Phantasie der
Protagonisten war, lässt Malaïcka erschaudern.

Sie weiss nicht, was sie darauf entgegnen kann.
Wie dem auch sei, in dem Augenblick überkommt
Malaïcka ein Gefühl des Unbehagens und
Faszination gleichzeitig.

35

Sie kann es immer noch nicht fassen, mit
jemandem zu sprechen, den allen Anschein nach
nur sie wahrnehmen kann. Erneut manifestierte
er sich, der Horla, diesmal deutlicher als zuvor
und sagt.
"Du bist nicht verrückt, meine Tochter. Du
könntest meine Hilfe gebrauchen, deswegen bin
ich da." Malaïcka belässt es dabei, und versuchte
sich langsam zu beruhigen.

Langsam nähert sich das Schiff dem Hafen von
Cayenne. Der Kapitän kündigt über das
Lautsprechersystem die bevorstehende Ankunft
an.
Die Passagiere werden gebeten, zu ihren
Fahrzeugen zurückzukehren, da die Fähre gleich
anlegen wird. Malaïcka steht neben ihrem Auto
und hält die Tür auf, bereit für Alfonso, der das
Fahrzeug von der Fähre runter steuern wird. Als
sie sicher am Kai angekommen sind, überreicht
Alfonso ihr die Schlüssel mit einem dankbaren
Nicken.

Malaïcka bedankt sich herzlich bei ihm und
nimmt Abschied von einigen Mitreisenden, die sie
während der Überfahrt kennengelernt hat.

Sie steigt in ihr Auto, und bemerkt erleichtert,
dass weder der Horla noch das Tatou, das zuvor
auf der Rückbank war noch da sind. Diese Tatsache bringt ihr eine Welle der Erleichterung, denn
die seltsamen Ereignisse hatten sie stark beunruhigt.

Sie startet den Motor und setzt ihre Fahrt in
Richtung Matoury fort. Matoury ist eine kleine
Gemeinde mit 40.000 Einwohnern, südlich
von Cayenne gelegen, der größten Stadt in Französisch-Guayana. Hier lebt sie zusammen mit ihrer
Mutter und ihren Kindern. Die Gemeinde befindet
sich nicht weit von Cayenne – Félix Eboué Flughafen, dem wichtigsten internationalen Flughafen
der Region, was ihre Heimkehr stets erleichtert.

Malaïcka fühlt sich sehr verbunden mit ihrer Heimat. Die Straßen die sie entlangfährt sind ihr sehr
vertraut. Während der Fahrt ist sie in Gedanken
schon bei ihren Liebsten und kann es kaum erwarten sie in die Arme zu schließen. Sie denkt jedoch auch an den Horla und spricht seinen Namen laut aus, nur um sicherzustellen, dass sie
wirklich alleine im Auto ist. Als sie keine Antwort
erhält ist sie umso erleichterter.

Mit einem Seufzen richtet sie das Autoradio auf
einen ihrer Lieblingssender ein. Die Klänge der

Musik lenken sie ein wenig ab und begleiten sie
auf dem Weg nach Matoury. Laut Straßenschilder
trennen sie 23 Kilometer von ihrem Zuhause. Die
Erschöpfung macht sich langsam bemerkbar, aber
ihr Herz schlägt voller Vorfreude. Sie kann es
kaum erwarten, die Umarmungen ihren Kindern
zu spüren und ihre fröhlichen Gesichter zu sehen.

Diese Sehnsucht treibt sie an und verleiht ihren
Augen einen neuen Glanz. Die letzten Kilometer
werden zur Tortur, während die Zeit langsam
vergeht. Doch nichts kann ihre Entschlossenheit
brechen.

Mit jedem Kilometer, der hinter ihr liegt, wächst
die Spannung in Malaïcka. Sie ist schon fast zu
Hause.

Endlich, als das Auto vor ihrem Haus zum Stehen
kommt, schnellt ihr Herz vor Freude nach oben.
Das Wiedersehen mit ihrer Familie ist für sie der
absolute Höhepunkt nach dieser aufregenden
Heimreise.

Sie atmet tief ein und aus, bevor sie aus dem Auto
steigt und auf das Haus zugeht.

Schon eilt ihre Mutter Odile mit den Kindern auf
sie zu. Odile ist eine dunkelhäutige Frau mit einem ausdrucksstarken Gesicht und einer etwas
rundlichen Gestalt. Ihre Gesichtszüge strahlen

Sanftmut und Stärke aus, doch eine Spur von
Traurigkeit liegt in ihrem Blick.

Die feinen Linien um ihre Augen erzählen von
einem Leben voller Erfahrungen und Fürsorge,
durchzogen von leisem Kummer.

Ihre Präsenz ist dennoch warm und einladend,
und ihr Lächeln hat eine beruhigende Wirkung auf
alle um sie herum.

Neben Odile stürzt sich auch ihr Golden Retriever
Happy auf Malaïcka zu, vor Freude laut bellend.
Der Hund springt aufgeregt an ihr hoch, wedelt
heftig mit dem Schwanz und drückt seine Zuneigung aus, während er die Wiedervereinigung auf
seine Weise feiert.

Malaïcka kniet sich hin, um ihren Hund
zu streicheln, und genießt den Moment der Freude
und des Wiedersehens. Der Golden Retriever
wedelt freudig mit dem Schwanz und bellt
aufgeregt, als ob er ebenfalls die Aufregung spürt.

Malaïcka strahlt vor Glück und Aufregung und
fällt nun ihrer Mutter in die Arme.

"Was ist los, Malaïcka? Du bist heute aber
besonders glücklich!", sagt Odile, während sie ihre
Tochter mit liebevollen Augen betrachtet.

Malaïcka atmet tief ein und lächelt. "Es ist nichts,
Mama, nur die Freude, endlich zu Hause zu sein.",
sagt sie schließlich und fügt leise hinzu, „nur die
Freude."

Als sie das Haus betreten, kommt Ransom, ihr
Ehemann, ihnen entgegen. Ohne zu zögern, fallen
auch sie sich in die Arme.
Die Umarmung ist fest und voller Zuneigung, als
ob sie die verlorene Zeit nachholen wollen.
Die Wärme seiner Umarmung vermittelt Malaïcka
ein tiefes Gefühl der Geborgenheit und des
Ankommens.

Dann spürt sie die Aufregung ihrer Kinder, die
kaum erwarten können, ihre Abenteuer zu hören.
Es sind einige Tage vergangen, in denen sich viele
Geschichten angesammelt haben, die sie nun mit
ihrer Familie teilen möchte. Sie lädt alle ein, sich
im Wohnzimmer niederzulassen, während sie sich
auf einen bequemen Platz setzt.

Die Kinder drängeln sich um sie herum, sie haben
natürlich auch viel zu erzählen, und freuen sich
auch auf die Erzählungen ihrer Mutter. Odile, ihre
Mutter nimmt neben ihr Platz und betrachtet ihre
Tochter.
Nachdem die Kinder nacheinander und auch
durcheinander von ihren Erlebnissen der Woche
erzählen, beginnt Malaïcka von ihrer Woche zu

erzählen, ihre Worte sprudeln vor Lebendigkeit
und Begeisterung.

Sie erzählt von den geheimnisvollen Ereignissen,
den rätselhaften Begegnungen und den unerklärlichen Phänomenen, die sie erlebt hat.

Jeden Freitag taucht Sie mit ihnen in ihren Fundus an Geschichten ein. Dabei vermischt sie gekonnt Erlebtes mit Erfundenem. Malaïcka ist eine
begnadete Erzählerin, und ihre Geschichten, ob
erlebt oder erfunden, fesseln die Kinder die an ihren Lippen hängen, während Odile gespannt
lauscht.

Die Zeit vergeht wie im Flug, als Malaïcka von
einem Abenteuer nach dem anderen erzählt. Die
Spannung steigt, als die Geschichten immer
mysteriöser und faszinierender werden.

Die Kinder können es kaum fassen, was ihre Mutter erlebt hat, ihre Augen leuchten vor Ehrfurcht
und Begeisterung.
Nachdem Malaïcka ihre Geschichten zum
Abschluss gebracht hat, herrscht einen Moment
lang Stille im Raum. Odile umarmt Malaïcka fest
und flüstert ihr ins Ohr: "Du bist unglaublich,
meine tapfere Tochter."

Mit einem Lächeln der Erfüllung schaut Malaïcka
auf ihre Familie. "Es gibt noch so viel zu erzählen",

sagt sie leise. „Aber das sind Geschichten für
morgen. Lasst uns jetzt gemeinsam das
Zusammensein genießen."

Die Familie lächelt sich gegenseitig an und spürt
die Verbundenheit, die ihre Erlebnisse geschaffen
haben.

In den kommenden Tagen werden natürlich noch
viele Geschichten erzählt. Im Augenblick ist sie
nur glücklich, wieder mit der Familie vereint zu
ein und die Wärme des Zuhauses zu spüren.

Sie essen gemeinsam zu Abend, und bald ist es
Zeit, dass die Kinder ins Bett gehen. Sie werden
für die Nacht vorbereitet. Es herrscht eine bedrü-
ckende Stille im Haus. Perfekt! Malaïcka sehnt
sich nach Ruhe, innerer Klarheit und etwas Pri-
vatsphäre mit Ransom.

Nachdem sie sich ausführlich mit Ransom
ausgetauscht hatte, betritt sie kurz vor Mitter-
nacht das Badezimmer, um sich vor dem Zubett-
gehen noch einmal zu frisch zu machen. Doch etwas Seltsames geschieht. Ihr Spiegelbild ist nicht
klar, sondern verschwommen und sie spürt einen
Hauch von Ungewissheit über sie kommen.

Ein Flüstern scheint durch die Luft zu huschen,
doch sie möchte sich besser nicht darauf
konzentrieren.

„Es war heute sehr viel!", flüstert sie leise. "Zeit, zur Ruhe zu kommen." Sie lässt sich auf das Bett sinken. Bevor sie die Augen schließt, kniet sie in tiefer Demut und Konzentration nieder. Sie betet leise und bittet um Schutz und Erkenntnis in einer Welt, die sie noch nicht vollständig versteht. Sie legt sie sich ins Bett und kurz darauf schläft sie fest.

Ihre Träume werden von rätselhaften Symbolen und flüchtigen Gestalten durchzogen, während sie in eine mysteriöse Welt eintaucht, die jenseits der Realität liegt.

Kapitel Sechs

Samstagmorgen:

Die aufgehende Sonne taucht die Umgebung in goldenes Licht, während der frische Duft des Kaffees von Odile Malaïckas Sinne erfüllt. Ein perfekter Start in den Tag.

Doch die Stille wird schnell von dem aufgeregten Geplapper der Kinder unterbrochen, die bereits frühmorgens aufgewacht sind. Malaïcka ist überglücklich, endlich wieder bei ihrer kleinen Familie zu sein, spürt aber gleichzeitig immer noch eine unterschwellige Unruhe.

Sie fragt sich, ob sie genug Zeit mit ihnen verbringen kann, während sie täglich ihrer Arbeit in Kourou nachgeht, um ihre Rechnungen zu bezahlen.

Nachdem Frühstück beschließt sie den nahegelegenen Marktplatz zu besuchen. Sie geht zu Fuß und genießt den Spaziergang, während die ersten Sonnenstrahlen durch das dichte Blattwerk dringen und den Weg erhellen. Die Straßen sind ruhig, und die Sonne scheint ihr warmes Licht auf die verschlungenen Pfade zu werfen.

Doch während sie die Hibiskus Allee entlanggeht
und in die Avenue Felix Éboue einbiegt, spürt sie
eine Präsenz um sich herum.

Die Blumen an der Straßenseite scheinen sich in
einem unnatürlichen Tanz zu wiegen, als ob
unsichtbare Hände sie sanft abpflücken und
achtlos zu Boden werfen würden.

Malaïcka fröstelt, ein kalter Schauer läuft ihr den
Rücken hinunter. Plötzlich entdeckt sie
Fußspuren direkt vor sich auf dem staubigen Weg,
obwohl weit und breit keine Menschenseele zu
sehen war. Es ist, als ob eine unsichtbare Präsenz
vor ihr vorausgeht.

Eine unheimliche Vorahnung überkommt sie, und
ihre Angst beginnt zu wachsen. Erinnerungen an
vergangene mysteriöse Begegnungen drängen sich
in Malaïckas Gedanken.

Das Tatou, der geheimnisvolle Indianer, der Horla
– all diese rätselhaften Ereignisse scheinen sich zu
einem Muster zusammenzufügen. Sie versucht, einen klaren Kopf zu bewahren und ihre Ängste zu
kontrollieren, während sie weiter zum Markt geht.

Am Markt angekommen, erledigt sie hastig
ihre Einkäufe und kehrt voller Unruhe nach
Hause zurück. Die Gedanken wirbeln in ihrem

Kopf, während sie die Sachen verstaut und sicherstellt, dass ihre Kinder in Sicherheit sind. Doch eine innere Stimme treibt sie immer weiter.

Es gibt etwas, das sie noch tun möchte, bzw. tun muss. Mit klopfendem Herzen verlässt sie erneut das Haus. Eine geheimnisvolle Energie scheint sie zu umgeben, als sie wieder in ihr Auto einsteigt.

Der Motor heult auf, als sie in Richtung Dégrad-Des-Cannes fuhr, einem abgelegenen Seehafen am nördlichen Rand von Guyana. Das Gefühl, von einer unsichtbaren Macht angezogen zu werden, verstärkt sich mit jedem Kilometer, den sie zurücklegt. Sie weiss nicht was sie dort erwartet. Sie weiss nur, dass ihre innere Stimme sie antreibt und dort hinführt.

Dégrad-Des-Cannes taucht vor ihr auf. Die Lichter der Hafenstadt wirken trügerisch und geheimnisvoll. Malaïcka hält das Auto an und steigt aus, ihr Herz raste vor Erwartung und Nervosität.

Was würde sie hier vorfinden? Welche Geheimnisse würden sich ihr enthüllen? Mit entschlossenen Schritten betritt sie das düstere Gelände des Hafens und wagt sich tiefer in das Unbekannte vor.
Ihre Schritte werden langsamer, als sie sich weiter vorwärtsbewegt.

Es ist inzwischen spät und die Dunkelheit umhüllt
sie wie ein schützender Mantel, während sie un-
wissend in die Abgründe der Vergangenheit
taucht. Das Flüstern der Geister und unheimlichen Schatten der Geschichte begleiten sie auf ihrem Weg.

Sie kann das leise Rauschen des Wassers hören,
das gegen die Ufer schlägt und das gelegentliche
Knarren der alten Holzkonstruktionen, die den
Hafen säumten. Das Licht der spärlichen Laternen
wirft flackernde Schatten, die auf die Strukturen
fallen und ihre Fantasie anregen.

Malaïcka spürt eine kleine Brise auf ihrer Haut,
die sie frösteln lässt. Die Dunkelheit scheint lebendig, als ob sie sie beobachten und jede ihrer
Bewegungen verfolgen würde.

Malaïcka weiss immer noch nicht warum sie den
Drang verspürte, nach Dégrad-Des-Cannes zu fahren. Sie hat jedoch keinen Zweifel daran, dass der
Horla zugegen ist, obwohl sie ihn nicht sehen
kann.

Deshalb beginnt sie, sobald sie in Dégrad-Des-
Cannes ankommt, mit ihm zu sprechen. Sie fühlte
seine Präsenz sehr deutlich.

„Du bist hier, nicht wahr?“ sagt sie leise. "Ich bin
immer in deiner Nähe", antwortete der Horla mit

einer Stimme, die wie ein sanftes Flüstern in der
Dunkelheit klingt.

Es ist sehr wichtig, dass du mit mir hierhergekom-
men bist, Malaïcka. An diesem Ort kann alles ent-
weder enden oder auch beginnen."

Die Worte des Horla hallen in ihr nach. Sie fühlt
sich gleichzeitig beunruhigt und ist voller Erwartung. Sie weiss, dass der Ort und er Moment einer
tieferen Bedeutung haben, die sie noch nicht
vollständig begreifen kann.

„Warum ist dieser Ort so wichtig?" fragt sie, ihre
Stimme kaum mehr als ein Flüstern.
„Weil hier die Vergangenheit, die Gegenwart und
die Zukunft miteinander verschmelzen.", antwortete der Horla.

„Nachdem ich dich lange Zeit beobachtet habe,
kenne ich dich besser als du selbst.", sagt er. "Du
hast einige meiner Geschöpfe gerettet und damit
bewiesen, dass du ein gutes Herz hast. Ich sehe
auch, dass du alles tust, um deine Verantwortung
gegenüber deinen Kindern gerecht zu werden
Malaïcka. Doch hin und wieder überkommt dich
eine tiefe Einsamkeit. Deshalb möchte ich dich
belohnen."

"Wer bist du?", fragt Malaïcka, ihre Stimme
zitternd vor Unsicherheit und Neugier.

"Ich glaube nicht, dass Du es verstehen wirst,
Malaïcka. Ich bin ein Teil von dir. Der Teil, der
manchmal die Kontrolle übernimmt, wenn du Dich
sonst nicht trauen würdest. Ich bin immer da, um
das Gleichgewicht in deinem Inneren herzustellen.

„Aber ich kann nur sein, wenn du es zulässt.
Deshalb solltest du dich nicht von mir lösen
Malaïcka. Wir gehören zusammen."

Wie kann ich sicher sein, dass du mir helfen wirst
und nicht schaden?" fragt sie.

„Du hast bereits gespürt, dass ich dir geholfen
habe," antwortet der Horla. „Denk an die Mo-
mente, in denen du Stärke gefunden hast, wo du
dachtest, keine zu haben. Denk an die Entscheidungen, die du getroffen hast, obwohl sie dir unmöglich schienen.

Das war ich, Malaïcka. Ich bin ein Teil von Dir.
Ich beschütze dich und leite dich. Und die Kinder,
die du großziehst – sie sind auch ein Teil von mir.
Sie tragen meine Essenz in sich.
Du bist nicht nur ihre Mutter, sondern auch ihre
Beschützerin"

Malaïcka nickt langsam, die Tragweite seiner
Worte erfassend. „Ich verstehe," sagt sie leise.

Sie begibt sich langsam in Richtung Anlegestelle

und blickt in die Ferne. "Siehst du das schwarze
Schiff dort?", fragt er. Ihr Blick fällt auf das
majestätische Schiff, ein Passagierschiff von
imposanter Größe.

In den nächsten Augenblick wird es still in ihrem
Kopf, als ob alle Geräusche verstummen und sie
die volle Kontrolle über ihre Sinne erlangt.

Eine tiefe Ruhe breitet sich in ihr aus, während sie
den Anblick des Schiffes in vollen Zügen genießt.

Kapitel Sieben

Hatte sich der Horla verabschiedet?

Das Passagierschiff gleitet langsam an den Hafen heran, sein massiver Körper imposant und geheimnisvoll. Ihre Augen sind gebannt auf das Schiff gerichtet, als ob es eine geheime Botschaft in sich trägt. Mit jedem Moment, der vergeht, wird ihre Neugierde und Spannung größer.

Schließlich beginnt die Abfolge der Passagiere, die das Schiff verlassen. Jeder Einzelne scheint eine eigene Geschichte mit sich zu tragen, doch was genau hatten sie erlebt? Welche Geheimnisse, welche Abenteuer verbergen sich hinter ihren Blicken?

Mit pochendem Herzen und einem Hauch von Abenteuerlust bleibt sie dort stehen, ihre Augen unverwandt auf das Geschehen gerichtet. Der Moment ist gekommen, in dem sich die Schicksale der Passagiere mit ihrem eigenen verweben könnten.

Sie ist bereit, den Rätseln und Herausforderungen, die sich ihr bieten entgegenzutreten.

51

Sie betrachtet fast jeden Passagier, ohne zu
wissen, wonach sie sucht und weshalb. Nach
einiger Zeit kommt ein schwarzer Mann mit einem
weißen Hut auf sie zu.
Als er auf Augenhöhe ist, begrüßte er sie mit
einem warmen Lächeln. Sofort spürt sie eine
seltsame Verbindung zu ihm. Seine hellen und
tiefliegenden Augen sind fesselnd und
faszinierend.

Obwohl sie sich sicher ist, dass sie ihm noch nie
begegnet war, kommt ihr die Stimme des Fremden
überraschend vertraut vor. „Malaïcka", sagt er
sanft. „Ich habe lange auf diesen Moment gewar-
tet, Erwartest du jemanden?". Sie hat eine innere
Stimme erwartet, vielleicht die des Horla, doch
diese Stimme klingt wie ein Echo aus vergangenen
Zeiten.

Sie ist verwirrt und weiss nicht, was sie darauf
antworten soll.

"Ich heiße Ransom", führt er fort. "Und wie heißt
du?" „Ich bin Malaïcka," entgegnet sie zögernd. „Es
freut mich sehr, dich kennenzulernen, Malaïcka,"
erwiderte Ransom mit einem geheimnisvollen
Lächeln.

Nach einer kurzen Pause erklärte er: "ich bin ein
Bewahrer alter Legenden und für dein Inneres
Gleichgewicht zuständig. Durch deine Taten hast
du eine uralte Prophezeiung erfüllt."

Malaïcka lauscht gebannt, als er fortführt: „Die
Wesen, die du gerettet hast - der Horla und das
Tatou, sind ebenfalls Hüter verborgener Welten.
Sie wurden dir nur sichtbar, weil du eine
Verbindung zu den alten Kräften hergestellt hast."

Du wurdest durch dein Erbe und die
außergewöhnlichen Erlebnisse, die du erfahren
hast, genau wie deine Oma, dazu bestimmt, die
Brücke zwischen diesen Welten zu sein.

Es gibt noch einiges zu tun Malaïcka. Dies ist nur
der Anfang deines wahren Weges".

Schließlich reicht er ihr eine kleine, alte Truhe. "In
dieser Truhe findest du
Artefakte, die deine Kräfte stärken und dir helfen
werden, den Kontakt zu diesen Welten zu verstärken, jetzt wo auch du eine Wächterin der
Schwelle bist."

Malaïcka steht mit offenem Mund da.

Sie öffnet die Truhe zögerlich und entdeckte darin
eine kunstvoll verzierte Halskette, ein Bündel
seltener Kräuter, die in den tiefsten Wäldern
Guyanas gesammelt worden waren, und einen
Beutel mit Asche, die vermutlich von ihrer
Großmutter stammte.

„Diese Artefakte sind mächtig," fährt Ransom fort.
„Die Halskette wird dir helfen, dich zu fokussieren
und deine Energien zu kanalisieren. Die Kräuter
haben heilende und schützende Eigenschaften
und die Asche – sie ist ein Teil deiner Vergangenheit und wird dir die Weisheit und Stärke deiner
Vorfahren verleihen."

Jedes Artefakt strahlt eine mystische Energie aus,
die sie förmlich spüren kann. Malaïcka nimmt die
Halskette und legt sie sich um den Hals. Die
Kräuter und die Asche legt sie behutsam zurück
in die Truhe. Sie spürt plötzlich eine zunehmend
wachsende innere Kraft.

Dann sagt er: „Ich würde mich sehr freuen,
Malaïcka, wenn du mir Cayenne zeigen könntest."
„Wäre das möglich?"
Malaïcka zögert einen Moment, bevor sie nickt.
„Das würde ich sehr gerne tun", antwortet sie,
doch es fühlt sich an, als ob die Worte nicht
vollständig ihre eigenen waren, sondern von einer
fremden Macht in ihren Mund gelegt worden seien.

54

Mit gemischten Gefühlen und leiser Besorgnis,
machen sie sich gemeinsam auf dem Weg
zurück zu Malaïckas Zuhause. Ransoms
Anwesenheit ist in dem Moment beruhigend.
Als sie ankommt, erwartet sie bereits ihre Familie.
Doch bevor sie das Haus betrat, zögerte Malaïcka
einen Moment. Sie berührt die Halskette und
schaut kurz zu Ransom, der mit ihr auf das Haus
zugeht. Ihre Kinder kommen lachend auf sie
zugestürmt und umarmen sie stürmisch.

Ihre Stimmen hallen in Malaïcka Ohren, als
komme sie aus einem tiefen, echoenden Tunnel.
Plötzlich überkommt sie eine Welle von Schwindel,
und ihr wird schwarz vor Augen.

Das letzte Bild, das sie noch bewusst wahrnimmt,
ist wie sie an der Tür ihres Hauses steht, die
Kinder an ihrer Seite, ihre Gesichter voller
Besorgnis. Die Umrisse der Tür verschwimmen,
und die Geräusche um sie herum werden
gedämpft, bis nur noch ein tiefer, beruhigender
Ton übrigbleibt, der sie in die Dunkelheit begleitet.

Kapitel Acht

Samstagmorgen 09:00

Im Zentralkrankenhaus Kourou erwacht Malaïcka
und findet ihre Mutter Odile sowie ihre Kinder
Julienne und Marc an ihrem Bett.
Langsam wird ihr klar, dass sie seit Freitag im
Krankenhaus liegt. Am Tag zuvor hatte sie beim
Herunterlassen der Rollläden Ihres Modegeschäfts
das Bewusstsein verloren, vermutlich aufgrund
der ungewöhnlichen Hitze.

Eine besorgte Kundin hatte den Notdienst
alarmiert, der Malaïcka ins nahegelegene
Zentralkrankenhaus von Kourou brachte, wo sie
seitdem unter Beobachtung steht.

Sie befindet sich in einem Meer der Verwirrung,
ihre Erinnerungen an die Überfahrt nach Cayenne
sind detailliert, aber gleichzeitig von einem
Schleier umhüllt.

Von den mysteriösen Begegnungen mit dem
geheimnisvollen Horla bis hin zu den unvergessli-
chen Momenten mit Ransom – doch sie kann nicht
unterscheiden, was Realität und was Fantasie ist.

Immer wieder grübelt sie darüber nach, als
plötzlich jemand an der Tür klopft.

Durch das trübe Glas ist eine Gestalt zu erkennen,
deren Gesicht von einem Blumenstrauß verdeckt
wird. Ah! es ist Ransom, flüstert die Mutter liebevoll und gewährt ihm Einlass. Malaïcka beobachtet, wie er mit einem rätselhaften Lächeln auf sie
zukommt, ein Hauch von Beruhigung in der Luft
liegend.

Doch ihr eigenes Gedächtnis lässt sie offensichtlich im Stich - seine Gestalt scheint aus einem
vergangenen Traum oder einem mysteriösen
Zwischenreich zu stammen.

Du hast uns in Aufruhr versetzt', raunt er leise.
"Odile und die Kinder scheinen eine vertraute
Bindung zu Ransom zu haben, als würden sie ein
gemeinsames Geheimnis teilen. Während Odile
und die Kinder sich in der Vertrautheit von
Ransoms Anwesenheit wiegen, kommt ihr der
Mann, der vor ihr steht und scheinbar in ihr Leben integriert zu sein scheint, völlig unbekannt
vor.
Nein, sie erinnert sich definitiv nicht daran,
Ransom zu kennen. Sie ist überzeugt davon, dass
sie keinen festen Freund oder Lebensgefährten
hat.

Die aktuelle Situation erscheint ihr zunehmend

rätselhaft. Da sie alle offensichtlich glücklich sind,
spielt sie mit und tut so, als würde sie ihn kennen.

Während er mit ihr spricht, richtet sie sich auf
dem Krankenhausbett auf und spürt etwas unter
sich.

Sie nutzt einen Moment, in dem die Aufmerksamkeit auf die Kinder gerichtet ist, greift nach dem
Gegenstand, hält inne, als sie die kleine Truhe in
ihren zitternden Händen wiegt, deren Existenz
ebenso rätselhaft ist wie die Gegenwart des Mannes, der sich Ransom nennt.

Ihr Herz klopft heftig gegen ihre Brust.

Mit einem Blick auf Ransom, der mehr verspricht
als Worte jemals ausdrücken könnten, beschließt
sie, es dabei zu belassen und sich der Situation
anzupassen.

Sie möchte nicht für unzurechnungsfähig oder
verrückt gehalten werden. Sie wählt, sich auf diese
neue Realität einzulassen, ohne zu hinterfragen,
ohne Angst. In ihrem Inneren beginnt sie zu
verstehen, dass die Seltsamkeiten ihres Lebens
vielleicht nicht bloße Zufälle, sondern Teil eines
größeren Plans sind. Dieser seltsame Vorfall hat
etwas in ihr verändert. Sie spürt eine neue Stärke
in sich, die sie zuvor nicht gekannt hat.

Sobald es ihr bessergeht, kehrt sie zu ihrem Job im Fashion Shop Sinclair zurück und widmet sich ihrer Arbeit mit noch mehr Leidenschaft und Kreativität.

Sie organisiert erfolgreiche Events, begeistert Kunden und baut eine starke Bindung zur Gemeinschaft in Kourou auf. Ihr Engagement und ihre Professionalität werden von allen bemerkt, und ihr Ruf als talentierte Marktleiterin verbreitet sich.

Mit der Zeit gelingt es Malaïcka, ihr eigenes Glück zu wahrzunehmen. Sie lernt, sich selbst treu zu bleiben und ihr eigenes Leben zu gestalten, ohne sich von den Erwartungen anderer beeinflussen zulassen.

Ihre schüchterne Natur weicht nach und nach einem stärkeren Selbstbewusstsein, das auch die Menschen in ihrer Umgebung anzieht.

Mit Ransom an ihrer Seite glaubt Malaïcka nun einen Partner gefunden zu haben, ein Partner, dessen mysteriöse Präsenz ihr Herz erbeben lässt. Wo und wie sie einander begegneten, bleibt ihr noch verborgen. Er bleibt eine stille Stütze, nie aufdringlich, doch immer da, wenn sie seinen Blick sucht. Er versteht die Lasten, die sie trägt, und seine ruhige Art gibt ihr die Kraft, sich den kommenden Herausforderungen zu stellen.

Er ist nicht nur ein Wächter an ihrer Seite, sondern auch ein Spiegel ihrer selbst, der ihr zeigt, dass sie fähig ist, über sich hinauszuwachsen.

In diesem rätselhaften Mann erkennt Malaïcka das Potenzial des Lebens, in all seinen unvorhersehbaren Wendungen und dem Hauch von Magie, der die Luft erfüllt.

Aus den ungewöhnlichsten Begegnungen können die tiefgreifenden Veränderungen erwachsen.

So lebt Malaïcka nun ihr Leben in den sattgrünen Gefilden von Cayenne, umgeben von ihren Kindern, Ransom, ihre Mutter und ihren Pflichten. Sie versuchte das Beste aus ihrer Reise durch die Mysterien ihres Lebens zu machen.

Kapitel Neun

Nach einiger Zeit findet sich Malaïcka in einem
Sumpf der Monotonie wieder und sie sieht keinen
Ausweg.

Allmählich gleicht jeder Tag dem anderen: die
Fahrt nach Kourou, die Stunden in der Boutique,
gefolgt von der Heimkehr zu einem Apartment, das
sich weniger, wie ein Heim und mehr wie eine Sta-
tion auf einer endlosen Schleife anfühlt. Ihre
Freunde, die sich einst um sie scharrten, halten
sich nun merkwürdig zurück, als wäre sie von einer unsichtbaren Mauer umgeben, die sie uner-
reichbar macht.

Besonders beunruhigend ist noch das Rätsel um
ihre erste Begegnung mit Ransom. Diese Lücke in
ihrem Gedächtnis ist wie ein schwarzes Loch, das
gelegentlich ihre Gedanken verschlingt und sie mit
einem Gefühl der Leere zurücklässt. Ab und zu
entdeckt Malaïcka neue Fähigkeiten, wie das
Hören durch Wände oder das vorhersehen
bestimmter Situationen.

Diese Fähigkeiten verwirren und faszinieren sie
zugleich, fügen eine weitere Ebene des Unbekannten zu ihrem ohnehin schon mysteriösen Leben
hinzu.

61

Aber, wieso kann sie sich nicht erinnern? Und warum wagte sie es nicht, ihn danach zu fragen? Eine tiefe Angst, ihn zu verletzen – oder schlimmer noch, eine Wahrheit zu enthüllen, die sie nicht ertragen könnte – hielt sie zurück.

Die Wochenenden, die einst eine Quelle der Erholung und des Glücks in Malaïckas Leben waren, wirken nun erdrückend und leer. Was früher Tage der Entspannung und der fröhlichen Begegnungen mit Freunden waren, hat sich in Zeiten verwandelt, in denen die Stille ihres Hauses laut in ihren Ohren hallt.

Die Kinder und ihre Mutter die das Familiengefüge zusammenhalten, während sie arbeitet, scheinen gegenwärtig die einzige Konstante in ihrem Leben zu sein, das sich leider zunehmend fremd anfühlt.

Malaïcka macht sich entschlossen, auf den Weg zu Kienzie und Karijodinomo ihren besten Freundinnen. Die Fahrt dorthin fühlt sich an diesem Samstag anders an als sonst.

Die Straßen sind die gleichen, doch ihr Herz schlägt schneller vor Vorfreude und Unsicherheit. Sie hofft, dass ihre alten Freundinnen Licht in die dunklen Ecken ihrer Erinnerungen bringen können.

Bei ihrer Ankunft wird Malaïcka herzlich begrüßt.
Nachdem sie sich bei einer Tasse Kaffee
niederlässt, kommt sie direkt zum Punkt.
„Könnt ihr euch erinnern, wie und wann ich
Ransom zum ersten Mal getroffen habe?", fragt sie,
ihre Stimme von einer Mischung aus Hoffnung
und Nervosität erfüllt.
Kienzie und Karijodinomo die sich seit 2 Jahren
dieses sehr moderne und große Appartement teilen, tauschen unsichere Blicke aus. „Ehrlich gesagt, Malaïcka, wir, bzw. ich", sagt Karijodinomo,
„ich kann mich nicht daran erinnern, dass du uns
jemals von einem ersten Treffen mit Ransom erzählt hast".

Ich kann mich auch nicht daran erinnern sagt
Kienzie. „Du hast eines Tages einfach angefangen,
von ihm zu sprechen, als ob er schon immer ein
Teil deines Lebens gewesen wäre."

Das Schweigen, das auf diese Enthüllung folgt, ist
schwer und bedrückend. Malaïcka spürt, wie
sich ein Knoten in ihrem Magen bildet. Sie hoffte
, dass Kienzie und Karijodinomo Licht in die
dunkle Lücke ihrer Erinnerung bringen könnten,
aber stattdessen steht sie nun vor einem noch
größeren Rätsel.

„Das ist unmöglich", murmelt Malaïcka und starrt
in die dunkle Flüssigkeit ihrer Kaffeetasse,

63

als könnte sie dort Antworten finden. „Es muss doch einen Anfang gegeben haben. Alles hat einen Anfang." Ihre Stimme ist leise, fast flehend, als sie wieder aufblickt, ihre Augen suchend in den Gesichtern ihrer Freundinnen.

Karijodinomo legte eine Hand auf Malaïckas Arm, ein sanftes Zeichen der Unterstützung. „Vielleicht gibt es etwas, das du vergessen hast, oder etwas, das dir entgangen ist. Manchmal verändern sich die Dinge so subtil, dass wir den Beginn nicht bemerken."
Kienzie nickt zustimmend, ihre Miene ernst. „Oder vielleicht gibt es jemand anderen, der sich erinnern könnte. Hast du schon mit jemandem aus deiner Familie gesprochen?

Der Rat ihrer Freundinnen gibt Malaïcka einen kleinen Hoffnungsschimmer. Sie beschließt, dass es an der Zeit ist, tiefer zu graben.
Vielleicht hatte ihre Mutter, Odile, einige Erinnerungen an Ransom, die bisher im Verborgenen geblieben waren.
Das Geheimnis um Ransom fühlt sich an wie ein Schleier, der langsam gehoben werden muss, Schicht für Schicht.

Mit einem neuen Ziel vor Augen verabschiedet sich
Malaïcka von ihren Freundinnen.

Die Unsicherheit und Isolation, die ihre Beziehung
zu Ransom umgeben, soll nicht länger ihr Leben
bestimmen.

Zuhause wieder angekommen. zögert Malaïcka,
als sie sich ihrer Mutter nähert. Sie atmete tief
ein, bereit, endlich über Ransom zu sprechen.
Doch bevor sie ihre Frage stellen kann, spürt sie,
dass ihre Mutter etwas auf dem Herzen hat. Odile
sieht sie mit einem ernsten, fast besorgten Blick
an.

„Mama, ich wollte dich etwas über Ransom
fragen…“, beginnt Malaïcka, doch Odile unter-
bricht sie sanft.
„Malaïcka, bevor wir darüber sprechen, gibt es etwas, das du wissen solltest.“ Odiles Stimme zittert
leicht.

Kapitel Zehn

Odile atmete tief durch, als wolle sie sich selbst
Mut machen, weiterzusprechen. „Was ist los
Mama?" fragt Malaïcka, „worum geht es? „Es geht
um deine Vergangenheit, bevor du hierhergekom-
men bist."

Malaïcka fühlt, wie sich ihre Brust zusammenzog.
„Was meinst du, Mama?" Odile nimmt Malaïckas
Hand.

„Vor zwölf Jahren stundest du plötzlich vor
meiner Tür, ohne Erinnerung an deine
Vergangenheit. Du wusstest nicht, wer du warst
oder woher du kamst. Alles, was du hattest, waren
die Kleider, die du trugst, und ein Name, den du
gerade noch wusstest."

Malaïcka konnte kaum atmen.
Ihre eigene Geschichte, und nicht nur die
Beziehung zu Ransom, ist ein Rätsel.

„Ich habe dich aufgenommen, spricht Odile weiter,
„weil ich sah, wie verloren und verzweifelt du
warst. Ich habe dich wie meine eigene Tochter be-
handelt, und kurz darauf habe ich die Adoption
formalisiert.

Ich gab vor, du seist meine leibliche Tochter, damit
niemand Fragen stellt."

Tränen füllen Malaïckas Augen. „Warum hast du
mir das nie erzählt?" „Ich wollte dich schützen,
und wollte, dass du ein normales Leben führen
kannst. Aber ich sehe jetzt, dass ich falsch lag, dir
das zu verheimlichen." Odiles Augen sind ebenfalls
feucht.

Die Offenbarung ihrer Vergangenheit lässt
Malaïckas Welt wanken. Ihre Identität, ihre
Erinnerungen, alles war vielleicht eine
Konstruktion. „Und Ransom?", fragt sie leise.
Odile schüttelte den Kopf. „Ich weiß nichts über
ihn, außer dem, was du mir erzählt hast.

Aber es könnte sein, dass er Teil deiner
Vergangenheit ist, die du vergessen hast."
Malaïcka steht auf, ein Sturm der Gefühle tost
in ihr. „Ich muss herausfinden, wer ich wirklich
bin, Mama", sagt sie, „und wie Ransom in mein
Leben passt."

Als Malaïcka noch über ihre nächsten Schritte
nachdenkt wie sie die Puzzlestücke ihrer
Vergangenheit zusammenfügen könnte,
öffnet sich die Haustür. Ein Schwall aus
Kinderlachen und Gesprächen durchbricht die
Stille. Ransom tritt ein, begleitet von den Kindern,
die strahlend von ihrem Kinobesuch erzählen.

67

Malaïcka beobachtet sie einen Moment, wie sie die Jacken ausziehen und über den Film sprechen, den sie gerade gesehen hatten. Ransom wirft ihr einen kurzen, fragenden Blick zu, als spürte er, dass etwas nicht stimmte.

„Hat alles gut geklappt?“, fragt Malaïcka, während sie sich bemüht, ihre innere Verwirrung zu verbergen und sich den Kindern zuzuwenden.

„Ja, es war toll!“, antworten die Kinder fast im Chor. Ransom nickt, sein Blick immer noch auf Malaïcka gerichtet. „Alles in Ordnung bei dir?“, fügt er hinzu, als die Kinder ins Wohnzimmer stürmen, um weiter von ihren Kinohelden zu schwärmen.

Malaïcka zögert. Wie sollte sie beginnen? Wie sollte sie Ransom fragen, wer sie vor ihrem gemeinsamen Leben gekannt hat und wie sie sich tatsächlich kennengelernt hatten, ohne dass er Verdacht schöpfte, dass etwas nicht stimmte?

„Wir müssen reden, Ransom“, sagt sie schließlich, ihre Stimme ruhig, aber entschlossen. „Es gibt Dinge über meine Vergangenheit, die ich nicht verstehe, und ich denke, du könntest mir helfen, sie zu klären.“

Ransom sieht sie überrascht an, dann nickt er
langsam. „Natürlich, wann immer du bereit bist."
„Jetzt", sagt Malaïcka entschieden.

„Es ist wichtig." Sie deutet auf das kleine Büro,
dass sie oft als Rückzugsort nutzen, wenn sie
ungestörte Gespräche führen müssen.
Sie betreten das Büro, schließen die Tür hinter
sich und Malaïcka setzt sich.

Kapitel Elf

Ransom nimmt ihr gegenüber Platz, seine Miene ernst und aufmerksam. „Es geht um den Beginn unserer Beziehung", beginnt sie. „Ich... Ich habe erfahren, dass ich vor zwölf Jahren ohne jegliche Erinnerung an meine Vergangenheit bei meiner Mutter aufgetaucht bin. Sie hat mich aufgenommen und auch später adoptiert.

Seitdem ich aus dem Krankenhaus draußen bin frage ich mich ständig wann und wie wir uns getroffen haben, ich kann mich leider nicht mehr daran erinnern, und das beunruhigt mich.

Ransoms Gesicht zeigt eine Mischung aus Schock und Verwirrung. „Du erinnerst dich nicht?" Malaïcka schüttelt den Kopf.

„Nein, und das macht mir Angst.
Ich muss wissen, wer ich bin, Ransom, und wie du in mein Leben gekommen bist. Ich muss wissen, ob es da etwas gibt, das ich nicht sehe, etwas, das du mir vielleicht sagen kannst."

Ransom atmet tief durch, und als er spricht, ist seine Stimme von einem seltsamen, ernsten Ton geprägt. „Malaïcka, wir haben mehr gemeinsam als du dir vorstellen kannst.

Du kannst dich nicht an frühere Zeiten erinnern,
weil es für dich – und auch für mich – keine
früheren Zeiten auf der Erde gab.

Wir stammen von einem Ort, der außerhalb dieses
Planeten liegt, und unsere Existenz hier wurde
bewusst initiiert. Unser Heimatplanet Sosie, dessen
Name passenderweise ‚Doppelgänger' bedeutet,
liegt 16 Lichtjahre von der Erde entfernt. Auf der
Erde existieren Doppelgänger, sogenannte
Replikas, die ständig unter Beobachtung stehen
und in schwierigen Situationen von uns unter-
stützt
werden. Wir hingegen sind die Originale, und
unsere Anwesenheit hier ist Teil einer größeren
Mission. Unsere Aufgabe besteht darin,
sicherzustellen, dass das Gleichgewicht
zwischen den Welten erhalten bleibt und dass die
Repliken ihre vorbestimmten Rollen erfüllen.

Obwohl wir von einem fernen Planeten stammen,
sind unsere Erfahrungen und Gefühle hier auf der
Erde genauso real und bedeutungsvoll."

Malaïcka starrt ihn ungläubig an, unfähig, sofort
zu verstehen. „Replikas? Wie in... Kopien von
jemand anderem? Sind wir... sind wir nicht real?"
Ransom nickt erneut. „Ich meinte nicht uns mit
Replikas, sondern die Bewohner der Erde.

71

Wir, wir sind real, Malaïcka, ebenso real wie unsere Emotionen und Erfahrungen. Doch unsere Existenz hier wurde bewusst initiiert und steht unter ständiger Überwachung unseres Heimatplaneten.

„Bedeutet dies, dass, wir all die Jahre beobachtet und gesteuert werden?"

„In gewisser Weise ja", erklärt Ransom. „Unser Heimatplanet Sosie hält ständig nach uns Ausschau, um sicherzustellen, dass die Missionen gemäß den vorgegebenen Zielen verlaufen.

Unsere Erinnerungen, unsere Identitäten auf der Erde, wurden geformt, damit wir uns in unsere Rollen leicht anpassen. Wir sind da, um in kritischen Momenten einzugreifen. Dein Erscheinen hier, ist kein Zufall. Du wurdest hierhergeschickt, um Odile zu helfen, einen neuen Sinn im Leben zu finden.

Odile, deine Mutter, am Ende ihrer Kräfte. Sie sah keinen Sinn mehr in ihrem Leben und stand kurz davor, sich das Leben zu nehmen. In diesem verzweifelten Moment wurdest du durch das Licht entsandt und hast dich direkt vor Odiles Tür materialisiert. Durch deine Anwesenheit fand sie eine neue Aufgabe und einen neuen Lebenssinn.

Deine Ankunft hat ihr den nötigen Anstoßgegeben,

72

weiterzumachen und wieder Hoffnung zu
schöpfen. Später wurde ich geschickt, um sicherzustellen, dass ihre neu gewonnene Lebensenergie
erhalten bleibt und sie die Unterstützung bekommt, die sie braucht. Meine Aufgabe war es, sie
zu unterstützen und zu begleiten, damit sie nicht
wieder in ihre frühere Verzweiflung zurückfällt.

Die Menschen auf der Erde halten sich für echt
und authentisch, in ihrer eigenen Wahrnehmung
und Erfahrung. Was sie jedoch nicht begreifen –
und was vielleicht schwer zu erfassen ist –, ist,
dass sie in gewisser Weise Replikationen sind,
Teile eines umfassenderen kosmischen Plans. Ihre
Existenzen und Handlungen sind Aspekte eines
weitreichenden Projekts, das über ihre
Vorstellungskraft hinausgeht.

Sie sind Akteure in einem interstellaren Spiel,
dessen Regeln und Ziele ihnen verborgen bleiben.

Malaïcka versucht, die Implikationen dieser Aussage zu begreifen. „Du meinst also, dass wir alle –
nicht nur wir, die vom Planeten Sosie stammen –
irgendwie erschaffen oder gesteuert sind? Dass
unsere Existenz nicht vollständig in unseren eigenen Händen liegt?"

Sie spürt eine tiefe Verunsicherung, als sie diese
Fragen stellt, während die Realität ihrer Herkunft
und ihres Daseins zu bröckeln beginnt.

73

„Ja, in gewissem Sinne", fährt Ransom fort. „Die
Menschen auf der Erde leben ihr Leben in völliger
Unwissenheit darüber, dass ihre Existenz, ihre
Entscheidungen und Gefühle durch höhere Kräfte
beeinflusst werden können. Sie sind sich nicht
bewusst, dass sie Teil eines größeren Plans sind,
der von Mächten gelenkt wird, die jenseits ihres
Verständnisses liegen.

Ihre alltäglichen Handlungen, ihre tiefsten
Emotionen und ihre wichtigsten Entscheidungen
könnten alle von Kräften manipuliert werden, die
sie weder sehen noch verstehen können.
Wir, die von unserem Heimatplaneten Sosie
stammen, wir sind uns unserer Rolle bewusst und
agieren mit einem spezifischen Ziel", erklärte
Ransom. „Wir wissen um die größeren
Zusammenhänge und unsere Missionen hier auf
der Erde. Doch das bedeutet keineswegs, dass die
Emotionen und Erfahrungen, die wir oder die
Menschen hier auf der Erde erleben, weniger real
sind. Unsere Gefühle, unsere Reaktionen – sie sind
authentisch, ungeachtet des Ursprungs unserer
Existenz.

Die Liebe, die Freude, der Schmerz und die
Trauer, die wir empfinden, sind echt und tief. Die
Authentizität unserer Gefühle und Erlebnisse
bleibt unberührt.

Wie dem auch sei, Malaïcka, wir müssen dem Plan
folgen," sagt Ransom ernst. Malaïckas Herz
beginnt heftig zu schlagen. Sie zögert einige
Sekunden, bevor sie die Frage stellt, die ihr auf der
Seele brennt. „Und unsere Beziehung?
War das auch geplant?"

Ihre Stimme bebt leicht vor Unsicherheit.
Ransom sieht sie eindringlich an. „Nein," antwortet
er mit fester Stimme. Das war nicht geplant. Unsere Begegnung war als Teil der Mission vorgese-
hen, aber was wir füreinander empfinden, die Verbindung, die wir aufgebaut haben, das war echt,
beziehungsweise das ist echt.

Es ist jenseits aller Vorgaben oder Pläne.
Malaïcka spürt eine Mischung aus Erleichterung
und Verwirrung. „Also sind unsere Gefühle
füreinander echt?" fragt sie leise, fast hoffnungs-
voll.
„Ja, das sind sie", bestätigt Ransom. „Unsere
Gefühle und die Beziehung, die wir aufgebaut
haben, sind real.

Das ist etwas, das selbst die ausgeklügeltsten
Pläne und Programme nicht vorhersagen oder
kontrollieren können.

Malaïcka fühlt sich, als würde sie auf wackeligem
Boden stehen. Die Enthüllungen lassen sie sowohl

75

erleichtert als auch überwältigt zurück. Erleichtert, weil einige ihrer Fragen beantwortet wurden, aber auch überwältigt von der Komplexität der Wahrheiten, die sie gerade erfahren hatte. Sie kann kaum fassen, dass ihre Existenz auf der Erde Teil einer größeren kosmischen Agenda ist
.

„Ich brauche Zeit, um das alles zu verarbeiten“, sagt sie schließlich, ihre Stimme kaum mehr als ein Flüstern. Ransom nickt verständnisvoll.

„Nimm dir alle Zeit, die du brauchst. Ich bin hier, um deine Fragen zu beantworten, wann immer du bereit bist“, erwidert er sanft.

Malaïcka steht auf und geht zum Fenster. Draußen hat sich die Dämmerung über die Stadt gesenkt, und die Welt scheint für einen Moment in stiller Andacht zu verharren, so wie ihr Inneres in diesem Wirbelsturm von Emotionen und Offenbarungen.

Malaïcka versucht, die verwirrenden Informationen zu verarbeiten.

Schließlich fragt sie mit zitternder Stimme: „Wie kommt es, dass ich mich an nichts erinnere?“ Sie sieht Ransom direkt in die Augen, suchend nach einer Antwort, die ihre Unsicherheit lindern könnte.

Ransom seufzt tief und erwiderte sanft: „Das hat
mit der Art und Weise zu tun, wie wir
hierhergebracht wurden. Unsere Erinnerungen
wurden manipuliert, um sicherzustellen, dass wir
uns nahtlos in diese Welt einfügen und unsere
Mission erfüllen können, ohne von der Wahrheit
abgelenkt zu werden. Es war notwendig, damit wir
unsere Rollen hier vollständig akzeptieren und
ausfüllen."

Malaïcka runzelt die Stirn. „Aber warum? Warum
mussten wir unsere Erinnerungen verlieren?"

„Weil das Wissen um unsere wahre Herkunft und
Mission eine Belastung sein kann," erklärt
Ransom.
„Die Anpassung an ein neues Leben auf der Erde
wäre sonst fast unmöglich gewesen. Indem wir
unsere Erinnerungen verloren haben, konnten wir
von vorne beginnen und uns voll auf unsere
Aufgaben konzentrieren."

Er legt sanft eine Hand auf ihre Schulter. „Aber
jetzt, wo du die Wahrheit kennst, kannst du das
Puzzle deines Lebens neu zusammensetzen.

Und du musst wissen, dass unsere Gefühle und
Beziehungen trotz allem real sind."
Malaïcka nickt langsam, ihre Gedanken rasen. Es
ist viel zu verarbeiten, aber sie weiss, dass sie

stark genug ist, um der Wahrheit ins Auge zu sehen und ihre neue Realität zu akzeptieren.

Malaïcka sieht Ransom mit einem durchdringenden Blick an und fragt: „Wie kommt es, dass du dich daran erinnerst, Ransom?"

Ransom hielt ihrem Blick stand und antwortete ruhig: „Ich wurde mit dem Wissen entsandt.

Meine Aufgabe ist es, über dich zu wachen und sicherzustellen, dass du deine Mission erfüllst.

Deshalb durfte ich meine Erinnerungen behalten." Ab und zu bekomme ich neue Informationen aus der Quelle, die mir helfen, dich besser zu schützen und unsere Aufgabe zu erfüllen.

Er macht eine kurze Pause und fügte hinzu: „Ich wusste von Anfang an, wer ich bin und warum ich hier bin. Es war notwendig, damit ich dir in den entscheidenden Momenten helfen kann. Aber ich wollte, dass du diese Wahrheit selbst entdeckst." Malaïcka fühlte sich einen Moment lang überwältigt. „Also hast du all die Jahre die Wahrheit gewusst und mir nichts gesagt?" fragt sie leise.

„Ja, das stimmt", antwortet Ransom. „Aber es war zu deinem Schutz. Du solltest dein Leben hier so normal wie möglich führen, bevor du die volle Wahrheit erfährst."

Du solltest nicht beeinflusst sein von dem Wissen
unserer wahren Herkunft. Außerdem war es wichtig, dass Odile dich als ganz normales Kind
wahrnimmt. Jeglicher Verdacht hätte nicht nur
dich, sondern auch sie unnötig belastet. Du solltest nicht das Gewicht unserer Herkunft auf deinen Schultern tragen.

Malaïcka atmete tief durch. „Ich verstehe. Es ist
zwar viel, womit ich jetzt umgehen muss, aber ich
bin dankbar, dass du hier bist.“

Ransom nickt. „Jetzt, da du die Wahrheit kennst,
können wir gemeinsam weitergehen und unsere
Mission erfüllen – als Partner und als Familie.“
Malaïcka fühlte eine Erleichterung. „Ja, das werden wir“, sagt sie fest. „Gemeinsam werden wir das
schaffen.“

Ransom spricht jetzt leise, um sicherzustellen,
dass ihre Unterhaltung privat bleibt. „Odile darf
nicht wissen, was wir sind. Es ist entscheidend,
dass wir uns weiterhin so verhalten, wie wir es
immer getan haben. Jede Änderung in unserem
Verhalten könnte Misstrauen wecken oder sie
unnötig beunruhigen.
Malaïcka nickt langsam, die Tragweite ihrer Ge-
heimhaltung verstehend.

Die Notwendigkeit, ihre wahre Natur zu verbergen,
legt eine Last auf ihre Schultern, die sie spürt,

79

seitdem sie die Wahrheit kennt. „Und die
Kinder?“, fragt Malaïcka.

Ransom sieht sie direkt an, „Die“, sagt er, "die Kinder sind wie wir, Malaïcka. Sie sind keine Repliken. Sie wurden hier auf der Erde geboren, aber
sie tragen unser Erbe in sich. Sie besitzen Potenti-
ale, die über das hinausgehen, was typisch
menschlich ist.“

Kapitel Zwölf

Das ist eine weitere gewichtige Information, die Malaïcka zu verarbeiten hat. Ihre Kinder, die sie immer als vollkommen menschlich angesehen hatte, teilen ihre außerirdische Herkunft.

„Was bedeutet das für sie?", fragt sie, ihre Stimme von mütterlicher Besorgnis durchdrungen.
„Es bedeutet, dass sie Fähigkeiten entwickeln könnten, die wir sorgfältig beobachten und leiten müssen", erklärt Ransom. „Sie könnten intuitiver, empathischer oder auf andere Weise sensibler sein als ihre Altersgenossen. Es ist unsere Aufgabe, sie zu unterstützen und zu schützen, während sie lernen, wer sie sind und was sie können."

Malaïcka fühlt sich überwältigt, aber auch entschlossen. Sie ist bereit, alles zu tun, um ihre Kinder zu schützen und sie auf ihrem Weg zu leiten, egal, wie ungewiss dieser auch sein mag.

„Wir müssen vorsichtig sein", sagt sie fest. „Wir müssen alles tun, um sicherzustellen, dass sie ein normales Leben führen können, ohne dass ihr wahres Selbst entdeckt wird."

81

Ransom nickt zustimmend. „Genau. Wir leben mit einem Fuß in zwei Welten, Malaïcka. Einerseits müssen wir die Wahrheit unserer Herkunft bewahren und unsere Missionen erfüllen. Andererseits müssen wir ein normales, unauffälliges Leben führen, um die Kinder zu schützen und Odile nichts von unserem Geheimnis wissen zu lassen.“

Die beiden stehen einen Moment lang schweigend da, sich der enormen Verantwortung bewusst, die sie als Eltern und als Wesen von einem anderen Stern tragen. Sie wissen, dass der Weg vor ihnen komplex und möglicherweise gefährlich ist, aber sie sind entschlossen, ihn gemeinsam zu gehen.

Nachdem Sie jetzt aus dem Raum kommen, werden sie mit der ersten Fähigkeit der Kinder konfrontiert.
Die Kinder lassen sie wissen, dass sie jedes Wort mithören konnten, als ob sie selbst in dem Raum waren Als Malaïcka und Ransom aus dem Raum treten, finden sie die Kinder im Wohnzimmer vor, deren Gesichter eine Mischung aus Neugier und Erwartung zeigen. Bevor Malaïcka noch ein Wort sagen konnte, spricht eines der Kinder, ihre Tochter, mit einer Klarheit, die Malaïcka in Erstaunen versetzt.

„Wir haben alles gehört, Mama. Jedes Wort, als
würdet ihr direkt neben uns stehen." Ihre Stimme
ist ernst, fast zu reif für ihr junges Alter. Malaïcka
und Ransom tauschen einen schockierten Blick
aus.
Ransom knie sich hin, um auf Augenhöhe mit den
Kindern zu sein.
„Ihr habt uns gehört? Wie ist das möglich?", fragt
er, seine Stimme beherrscht, aber seine Augen
voller Sorge.
„Wir wissen es nicht", erwiderte der Sohn, es
passiert einfach. Manchmal können wir Dinge
hören, auch wenn wir nicht im selben Raum sind.
Es ist, als hätten unsere Ohren keine Wände.
Die Kinder schienen von dieser Fähigkeit nicht
beängstigt, eher fasziniert. Malaïcka jedoch fühlt
sich unwohl bei dem Gedanken, dass ihre Kinder
über solche außergewöhnlichen Fähigkeiten
verfügen, die sie selbst nicht ganz versteht. Sie
erinnert sich an Ransoms Worte von vorhin, dass
die Kinder wie sie seien – nicht Repliken, sondern
Wesen von ihrem Heimatplaneten Sosie"

„Das ist eine besondere Gabe, die ihr habt", sagt
Ransom sanft, „und es ist sehr wichtig, dass wir
darüber sprechen, wie ihr sie nutzen könnt. Aber
es ist auch wichtig, dass wir vorsichtig sind. Nicht
jeder versteht oder akzeptiert solche Dinge, und es
könnte euch in Schwierigkeiten bringen, wenn die
falschen Leute davon erfahren.

Oma sollte es vorerst nicht erfahren, es könnte sie
beunruhigen und beängstigen.
Malaïcka setzt sich zu ihnen und nimmt ihre
Kinder in den Arm. „Wir müssen lernen, damit
umzugehen", sagt sie liebevoll. „Und wir müssen
sicherstellen, dass wir uns gegenseitig schützen.
Es gibt Dinge über uns, die sehr privat sind und
bleiben müssen." Die Kinder nicken ernst. Sie verstehen die Notwendigkeit der Vorsicht, auch
wenn das volle Ausmaß ihrer Situation vielleicht
noch nicht ganz zu ihnen durchgedrungen ist.

Kapitel Dreizehn

Dieser Moment markierte einen neuen Anfang für
die Familie. Es ist nun offensichtlich, dass nicht
nur Malaïcka und Ransom sich an das Leben auf
der Erde anpassen mussten, sondern dass auch
ihre Kinder Teil dieser komplexen Dynamik sind.

Zusammen müssen sie nun lernen, wie sie ihre
Fähigkeiten sicher und verantwortungsbewusst
einsetzen, während sie gleichzeitig ein
normales Leben in einer Welt führen, die sie
niemals vollständig verstehen würde.
Die mysteriösen Vorfälle mit dem verschwundenen
Tatou und dem geisterhaften Horla beschäftigen
Malaïcka weiterhin. War das alles nur ein Traum
gewesen oder eine Halluzination, vielleicht sogar
eine Projektion ihrer eigenen Fähigkeiten?

„Ransom", sagt sie, während sie einen stillen
Moment zwischen ihnen teilten, „könnte es sein,
dass die Erlebnisse während der sogenannten
Fahrt nach Cayenne und das ganze drum herum
tatsächlich Träume waren?". Sie dachte selbst
zwei Sekunden darüber nach, und ergänzt, „sind
die Träume vielleicht eine Art, wie wir kommunizieren oder Informationen verarbeiten, die über
unsere normalen Sinne hinausgehen?".

Ransom nickt nachdenklich. „Tatsächlich Malaïcka, in unserer Kultur auf dem Heimatplaneten sind Träume mehr als nur nächtliche Fantasien. Hier versteht man Träume als psychische Erleben während des Schlafes.

Der Traum wird somit als besondere Form des Bewusstseins betrachtet, während der Körper sich weitgehend in Ruhe befindet. Es ist auch so, dass der Träumer sich meistens nach dem erwachen an seine in einem gewissen Umfang erinnert. Die Träume werden gewöhnlich als sinnlich- lebendiges, halluzinatorisches Geschehen erinnert und wirken zum Zeitpunkt des Träumens selbst real.

Für uns sind Träume ein wesentlicher Teil unserer Kommunikation und unserer Art, die Welt zu verstehen. Sie sind oft ein Medium, durch das wir tiefer liegende Wahrheiten erfassen und mit dem kollektiven Bewusstsein unseres Volkes verbunden bleiben.
In deinem Fall könnte es also sein, dass das, was du erlebt hast – der Horla, der Tatou – tatsächlich Manifestationen in einer traumähnlichen Wahrnehmung waren.

Möglich wäre, dass du auf einer tieferen Ebene
eine Art Kommunikation erlebt hast, die durch unsere Sensibilität für die natürlichen und mytholo-
gischen Energien der Erde verstärkt wurde."

Das Tatou, das verschwand, ist möglicherweise
eine ähnliche Erscheinung, geformt aus den
Erzählungen und dem kollektiven Unbewussten
der Region, die wir durchquerten."

Malaïcka hört aufmerksam zu und versteht
langsam die Tragweite ihrer eigenen
Wahrnehmungen. „Also ist es möglich, dass unsere Präsenz hier nicht nur uns selbst beeinflusst,
sondern auch die Umgebung, die Mythen und sogar die Tiere?"

„Genau", bestätigt Ransom. „Unsere Anwesenheit
kann latente Energien aktivieren oder existierende
Mythen in der Wahrnehmung jener, die
empfänglich sind, zum Leben erwecken. Es ist
wichtig, dass wir lernen, wie wir unsere
Wahrnehmungen und die Projektion unserer
Ängste steuern können, um nicht ungewollt solche
Phänomene zu erzeugen."

Die Möglichkeit, dass ihre Familie solche Ereignisse beeinflussen kann, ist sowohl eine wunder-
bare als auch eine erschreckende Vorstellung.

Sie erkennt, dass sie viel über ihre eigenen
Fähigkeiten lernen muss, um sicherzustellen,
dass sie diese verantwortungsbewusst und zum
Wohl aller nutzt.
Schließlich werden die Erkenntnisse aus der Fahrt
von Cayenne nach Kourou ein wichtiger Schritt
auf diesem Lernweg sein.

Natürlich hat Malaïcka, als Wesen von einem
anderen Planeten eine Vielzahl einzigartiger
Fähigkeiten die sich sowohl auf ihre körperliche
als auch auf ihre mentale Verfassung auswirken.

Diese Fähigkeiten würden nicht nur ihre
Interaktion mit der Erde beeinflussen, sondern
auch, wie sie mit ihrer Familie und anderen
Menschen umgeht.

Julienne und Marc zeigten immer häufiger
Anzeichen außergewöhnlicher Fähigkeiten.
Julienne entwickelte die Fähigkeit, sich unsichtbar
zu machen, eine Gabe, die ihr erlaubte, sich in
schwierigen Situationen zu verstecken oder
unbemerkt zu beobachten. Marc zeigte ähnliche
Fähigkeiten und konnte ebenfalls unsichtbar
werden.

Kapitel Vierzehn

Malaïcka und Ransom beschließen, ihre
Fähigkeiten systemtematisch zu schulen, ohne
dass die Kinder das Gefühl bekommen, anders als
ihre Altersgenossen zu sein.

Malaïcka und Ransom erkenne, dass sie nicht
allein in ihrer Mission sind. Sie suchen
nach Verbündeten, die ebenfalls über ähnliche
Fähigkeiten verfügen oder ein Verständnis für das
Unbekannte hatten. Durch Ransoms Kontakte am
Hafen und Malaïckas Netzwerke in der Gemeinde
gelingt es ihnen, eine kleine Gruppe von
Unterstützern zu finden, die ihnen helfen sollten,
die Balance zwischen den Welten zu halten.

Ransom stellt Malaïcka den Männern aus der
mysteriösen Bar vor, die ihn ständig mit neuen
Informationen aus ihrer Heimat versorgten. Diese
Männer, die scheinbar spurlos verschwanden und
wiederauftauchen, waren eine unerschöpfliche
Quelle des Wissens und der Unterstützung. Sie
hatten tiefgehende Einblicke in die kosmischen
Pläne und die Mission, die Ransom und Malaïcka
erfüllen müssen.

Neben der Wissensvermittlung begutachten
diese Männer auch regelmäßig die Arbeitsorte der
ansässigen Wächter, um sicherzustellen, dass alles in Ordnung ist und keine Bedrohung die Mission gefährdet. Diese Überprüfungen sind von
entscheidender Bedeutung, um die Stabilität
zwischen den Welten zu gewährleisten.

Die Gruppe trifft sich regelmäßig, tauscht
Informationen aus und plant ihre nächsten
Schritte. Jeder von ihnen bringt spezielle
Fähigkeiten und Kenntnisse mit.

Sie haben es allmählich geschafft, ein stabiles und
liebevolles zuhause für ihre Familie zu schaffen.
Julienne und Marc entwickeln sich prächtig und
lernen, ihre Fähigkeiten immer besser zu
kontrollieren.

An einem sonnigen Nachmittag spielen Julienne
und Marc auf der Veranda, während Malaïcka und
Ransom sich unterhalten. Odile, die sich liebevoll
um ihre Enkelkinder kümmert, sitzt im Schatten
und beobachtete sie mit einem Lächeln auf den
Lippen.

Die Idylle wird jedoch abrupt gestört, als Malaïcka
bemerkt, dass die Stimmen ihrer Kinder
verstummten.

Sie ruft nach Julienne und Marc, erhält jedoch
keine Antwort. Panik macht sich in ihr breit, als
sie auf der Veranda schaute. Ransom folgt ihr
sofort, und durchsucht jede Ecke, jedoch ohne
Erfolg. Odile steht auf, ihrer Gesichtszüge
von Sorge überschattet.

Während Odile das berichtete ist sie sichtlich
aufgeregt. Ihre Augen sind weit aufgerissen, und
ihrer Hände zittern leicht. „Ich schwöre,
Malaïcka, ich habe es genau gesehen. Die Kinder
wurden erst ganz still, und dann sah ich, wie sie
nach und nach unsichtbar wurden, bis sie
schließlich ganz verschwanden. Es war, als ob sie
sich in die Luft auflösen.“

Malaïcka und Ransom beruhigen Odile, die nicht
in ihr Geheimnis eingeweiht ist, und versuchen,
sie zu überzeugen, dass das, was sie zu sehen
glaubte, nur eine Täuschung war.
„Vertrau nicht deinen Augen, Mama,“ sagt
Malaïcka sanft. „Vielleicht liegt es an der
Müdigkeit. Ruhe dich aus, und alles wird klarer
erscheinen.

In Wahrheit wissen Malaïcka und Ransom nicht,
wie sie Odiles Beobachtung erklären sollten, ohne
sie zu schockieren oder zu verängstigen. Ihre
eigenen Ängste und Unsicherheiten verstärken die
Schwierigkeit, die richtige Erklärung zu finden.

91

Doch ihrer Aufregung können sie sich nicht auf
Odile konzentrieren. Ihre Gedanken sind ganz bei
der Suche nach den Kindern, die plötzlich spurlos
verschwunden waren.

„Julienne? Marc?", ruft Malaïcka, ihre Stimme
bebte voller Angst. Doch es bleibt still. Keine Antwort. Kein Geräusch.
Die Kinder sind nirgends zu finden.
Malaïcka fühlt, wie ihr Herz schwer wird, eine
eisige Kälte greift nach ihr.

"Das kann nicht sein", flüstert sie verzweifelt. „Sie
waren doch gerade noch hier."

Ransom legt beruhigend eine Hand auf Malaïckas
Schulter. „Wir werden sie finden", sagt er fest.
Doch auch in seinen Augen liegt ein Schatten des
Zweifels.
„Vielleicht sind sie in ihre unsichtbare Form
gegangen", sagt Ransom leise. Odile meint
dagegen. „Vielleicht verstecken sie sich nur."
Doch Malaïcka weiß, dass es mehr war. Eine
tiefere, mysteriöse Kraft musste im Spiel sein. Ihre
Kinder können nicht einfach so verschwinden,
selbst mit ihren Fähigkeiten.
Während der Suche nach den Kindern versucht
Ransom Worte zu finden, um Malaïcka die
Wahrheit zu erklären. „es ist möglich", beginnt er

vorsichtig, „dass die Kinder zur Basis abgerufen
wurden. Genau wie die Männer in der Bar hin und
her kommen und gehen.“

Ransom fährt fort: „Die Männer in der Bar sind
wie Botschafter unserer Welt, sie kommen und gehen, um Informationen zu bringen und zu holen.
Es könnte sein, dass Julienne und Marc jetzt
ebenfalls dorthin gerufen wurden.“

Malaïcka schüttelt den Kopf. „Aber warum?
Warum jetzt?“

„Ich weiß es nicht genau“, antwortet Ransom.
„Aber wir müssen ruhig bleiben und vertrauen,
dass sie in Sicherheit sind. Wir werden
herausfinden, was passiert ist. Und sie
zurückholen.

In ihrer Verzweiflung geht Malaïcka in ihr
Zimmer, setzt sich hin und konzentrierte sich.
Sie schließt die Augen und ruft in Gedanken nach
ihnen. Vor kurzem hat sie entdeckt, dass sie mit
dem, was man das Jenseits nennt, kommunizieren
kann. Diese Fähigkeit nutzte sie nun, um ihrer
Kinder zu suchen, ohne zu wissen, dass es nicht
mit dem Jenseits zu tun hatte, sondern dass sie
diese Fähigkeit schon immer von ihrer Heimat her
besaß.

Malaïcka spürt ihre Energie, sucht nach einem
Hinweis, einem Funken ihre Präsenz.

Sie atmet tief ein und schließt ihre Augen,
versucht sich zu entspannen und sich vollständig
auf ihre Kinder zu konzentrieren. Plötzlich fühlt
sie einen schwachen Hauch von Verbindung, ein
leises Echo in ihrem Geist. Es ist, als ob ihre
Kinder versuchen, zu ihr durchzudringen.

„Julienne? Marc?" ruft sie in Gedanken. „Wo seid
ihr?" Das Echo verstärkte sich leicht, und für einen Moment hatte sie das Gefühl, ihre Kinder zu
spüren. Ihre Präsenz ist das, irgendwo in der
Ferne, wie ein schwaches Licht in der Dunkelheit.
Sie öffnete ihre Augen weit, und sieht Ransom an.
„Ich spüre sie", flüsterte sie. "Sie sind noch
irgendwo da draußen, ich weiß nicht genau wo."

Währenddessen haben Julienne und Marc ihre
Bestimmung gefunden. In einem Augenblick
wurden sie auf den Planeten Sosie transferiert.
Nun stehen sie vor vier Männern mittleren Alters,
die nahezu identisch aussehen. Diese Männer ha-
benfreundliche Gesichter, stehen aufrecht und lächeln ihnen leicht zu.

Sie befinden sich in einem sehr hellen Raum, der
zu schweben scheint. In allen vier Ecken des

Raumes sind geflügelte, hundeähnliche Gestalten
postiert, wodurch die Kinder die Größe des Raumes erahnen können.
Draußen scheint es, als ob mehrere Sonnen
aufgehen; sie sehen mindestens zwei Sonnen
gleichzeitig aufsteigen, was ihnen zeigt, dass es
gerade früh am Morgen ist.

Der Raum ist spärlich möbliert, mit einem großen
Tisch und sechs Stühlen. Eine fast durchsichtige
Tür gibt den Blick auf einem weiteren Raum frei,
in dessen Mitte sich ein Brunnen befindet. Vor der
Tür befindet sich eine riesige kreisförmige Sphäre
mit einem Schild daneben. Auf dem Schild steht
„Ly-Simaka Ob". Diese Worte stammen aus der
ARAWAK-Sprache, einem sehr alten Südamerika
-nischen indigenen Sprache, und bedeuten „er
sieht uns".

Die Kinder werden gebeten, auf den gemütlichen
und durchsichtigen Stühlen Platz zu nehmen.
Zum ersten Mal seit ihrem Aufenthalt auf der Erde
erstatten sie Bericht über die familiären
Verhältnisse und die Tatsache, dass ihre irdische
Mutter Malaïcka jetzt völlig im Einklang ist.

Die Männer hören aufmerksam zu, ihre Blicke
voller Interesse und Anerkennung. Nach einer
Weile nickt einer von ihnen, und spricht:

„Es wird euch gestattet, bei eurer Rückkehr in
eure wahre Form zu wechseln. Doch ihr müsst
sehr sorgsam mit euren Fähigkeiten umgehen,
insbesondere im Hinblick auf eure Großmutter
Odile. Sie darf nicht beunruhigt werden.
Für Fremde sollt ihr weiterhin in eurer kindlichen
Gestalt erscheinen, damit Odile keine Erklärungen
abgeben muss."

Julienne und Marc nicken, das Gewicht dieser
Verantwortung deutlich spürend. Sie wissen,
dass sie behutsam vorgehen müssen, um ihre
Familie zu schützen und gleichzeitig die
Geheimnisse ihrer Herkunft zu wahren.

„Verwendet eure Kräfte mit Bedacht," fügt ein
anderer Mann hinzu, dessen Augen die Weisheit
vieler Jahre widerspiegelten. „Eure Fähigkeiten
sind außergewöhnlich, aber mit großer Macht
kommt auch große Verantwortung und die Balance zwischen euren Welten hängt davon ab."

Bei näherer Betrachtung bemerken die Kinder,
dass die Männer eine auffallende Ähnlichkeit mit
Marc haben. Einer von ihnen tritt vor und legte
eine Hand auf ihre Schultern. „Ihr seid hier, um zu
lernen und zu wachsen", sagt einer sanft.

„Eure Aufgabe ist nicht einfach, aber ihr seid stark
und klug.

96

Denkt daran, dass eure Verbindung zu Malaïcka
und Odile euch den Weg weisen wird."
Mit diesen Worten endet das Treffen.

Nachdem Treffen werden Julienne und Marc durch
das Gelände geführt. Sie gehen alle in Richtung
des Schildes und stehen in der kreisförmigen
Sphäre.
Kaum haben sie sich dort positioniert, werden sie
wie durch einen Blitz heraus transportiert.

Sie befinden sich nun außerhalb des Raumes und
dürfen das Dorf besichtigen.

Während sie durch das Dorf gehen, sehen sie viele
andere Personen begleitet von den geflügelten
hundeähnlichen Wesen, die sie zuvor im
Konferenzraum gesehen hatten. Ihnen fällt auf,
dass alles in einer unheimlichen Stille liegt; keine
Geräusche sind zu hören. Sie erinnern sich
daran, dass sie während des gesamten Treffens
keinen Laut von den Männern gehört hatten, die
sie interviewt hatten. Alles schien auf mentaler
Kommunikation zu beruhen.

Sie laufen weiter und bemerken die ungewöhnliche
Architektur der Häuser.

Diese schweben mindestens 50 Zentimeter über
dem Boden und scheinen aus fast durchsichtigem
Glas zu bestehen. Der Boden gibt unter ihren

Füßen nach, ähnlich wie Gummi, und das Gras
weicht bei jedem Schritt, sodass sie den Boden
darunter sehen können. Es scheint, als befinden
sie sich in einer Art Sphäre, umgeben von einer
grünen, lebendigen Umgebung.

Die Menschen, denen sie begegnen, sehen sich
alle sehr ähnlich – Männer wie Frauen – und Kinder waren keine zu sehen. Während sie weitergehen, bemerken sie, dass sich ihr eigenes Aussehen
allmählich verändert. Ja, sie wurden älter.

Diese Transformation verstärkt ihr Gefühl der
Unwirklichkeit und gleichzeitig der Zugehörigkeit
zu diesem mysteriösen Ort.

In dieser stillen und faszinierenden Umgebung
beginnen sie sich viele Fragen zu stellen.
In welchem dieser schwebenden Häuser lebten
ihre Eltern wohl? Waren Malaïcka und Ransom
wirklich ihre leiblichen Eltern, oder waren ihre
echten Eltern vielleicht hier auf Sosie?

Sie werden neugierig und verwirrt über ihrer wahren Herkunft und die seltsame, aber wunder-
schöne Welt, in der sie sich nun befanden.

Während sie sich noch weitere Frage stellen, werden sie plötzlich von einem sanften Lichtstrahl
umhüllt. Dieser strahlt eine Wärme aus, die sie
beruhigt und ihre Gedanken ordnet.

Langsam hebt der Lichtstrahl sie vom Boden an,
und sie spürten, wie sie in die Luft gehoben
wurden. Der Raum um sie herum beginnt zu
verschwimmen, und die schwebenden Häuser
sowie die grünen Felder verblassen allmählich.

Nach drei Stunden, stehen Malaïcka und Ransom
auf der Veranda, den Blick in die Ferne gerichtet.
Die Dunkelheit umgibt sie, aber in ihrem Herzen
brennt ein Licht der Hoffnung.

Plötzlich, wie aus dem Nichts, materialisieren sich
die Kinder vor ihren Augen. Es ist als ob die
Schatten der Nacht sie ausspucken, zurück in die
vertraute Umgebung.

Zu Malaïckas und Ransoms großer Überraschung
und Schrecken scheinen die Kinder um vier bis
fünf Jahre gealtert zu sein. Ihre einst kindlichen
Züge haben sich verändert, sie wirken reifer und
älter, als ob sie in eine andere Zeit versetzt worden
waren.

Aus dem Standpunkt von Malaïcka und Ransom
scheinen sie sich ihrer Verwandlung nicht bewusst
zu sein. Sie blickten sich verwundert um, als ob
nichts Außergewöhnliches geschehen sei.

Malaïcka und Ransom stehen sprachlos da, ihre
Augen weit aufgerissen vor Erstaunen und
Besorgnis. Sie wissen nicht, ob die Kinder selbst

realisieren, dass sie in einem Zeitwirbel gewesen waren.

Die Veranda, die eben noch Schauplatz einer friedlichen Idylle war, wurde nun zum Ort eines Mysteriums, das jegliche Vorstellungskraft überstiegt. Odile, die all dies mit ansieht, kann ihren Augen nicht trauen. Malaïcka tritt vorsichtig auf ihre Kinder zu, unsicher, wie sie mit dieser neuen Realität umgehen soll.

„Julienne? Marc?" Ihre Stimme zitterte vor Sorge und Unglauben. Die Kinder sehen sie mit denselben unschuldigen Augen an, die sie immer gehabt hatten, doch die Erfahrung und das Wissen, das nun in diesen Augen lag, ist unverkennbar.
Es war, als hätten sie in den wenigen Stunden, in denen sie verschwunden waren, Jahre des Lebens durchlaufen.

Ransom legt eine Hand auf Malaïckas Schulter und flüsterte: „wir müssen herausfinden, was wirklich passiert ist".
Die Kinder jedoch scheinen sich normal zu verhalten, als ob die verlorenen Jahre keine Bedeutung für sie hätten.

Sie sprechen und bewegen sich wie immer, doch für Malaïcka und Ransom ist klar, dass sie in ein Rätsel hineingezogen worden sind, das weit über

100

ihrer bisherigen Erfahrung hinausgeht.

Nun kommt sie nicht länger darum herum: Odile
muss eingeweiht werden.
Sie muss die Wahrheit über ihre Natur erfahren.
Die Angst in ihren Augen ist unverkennbar – eine
Mischung aus dem, was sie gerade gesehen hatte,
und den deutlich gealterten Kindern, die vor ihr
standen.

Odile wirkte, als hätte sie alle Realitätssinne
verloren und ist von der Szene völlig überwältigt.

Malaïcka wendet sich an Odile und sagt
beruhigend: „Mama, bitte warte kurz hier. Wir
müssen zuerst mit Julienne und Marc sprechen,
um sicherzustellen, dass alles in Ordnung ist."

„Julienne, Marc, könnt ihr euch erinnern, was
passiert ist, als ihr verschwunden seid?" fragt sie
sanft, aber eindringlich.

Die Kinder sehen sich kurz an. dann sagt Julienne
ruhig: „Wir sind schon immer so gewesen, wie wir
jetzt sind.

Wir sind immer 18 bzw. 19 Sosie-Jahre gewesen.
Unsere Gestalt wurde für eure Augen angepasst,
ihr konntet besser mit unserer Kindergestalt
umgehen."

Malaïcka starrt sie ungläubig an. „Ihr... Ihr habt nur die Gestalt von Kindern angenommen?" Ihre Stimme bebt vor Verwirrung und Unglauben.

Marc nickt ernst. „Ja, Mama. Es ist einfacher für dich, uns als Kinder zu sehen. Wir wollten dich nicht überfordern. Aber jetzt, wo die Zeit gekommen ist, müssen wir in unserer wahren Form erscheinen. Malaïcka fühlte sich, als würde der Boden unter ihren Füßen nachgeben. Sie hatte ihre Kinder immer als kleine, unschuldige Wesen gesehen, die sie beschützen musste.

Die Vorstellung, dass sie all die Jahre in einer Illusion gelebt hatte, erschüttert sie zutiefst.
Ransom legte eine Hand auf Malaïckas Schulter, um sie zu beruhigen. „Das erklärt, warum ihr plötzlich so viel älter ausseht", sagt er nachdenklich. „Aber warum jetzt? Warum diese Veränderung gerade jetzt?"

Julienne antwortet mit einer unerwarteten Weisheit in ihrer Stimme: „Es ist Teil des Plans. Unsere Zeit als Kinder war begrenzt, um euch zu schützen und euch Zeit zu geben, euch an unsere Anwesenheit zu gewöhnen. Jetzt ist der Moment gekommen, in dem wir unsere wahre Form zeigen müssen."

Malaïcka und Ransom tauschen besorgte Blicke
aus. Die Offenbarung, dass ihre Kinder immer in
einer anderen Form existiert haben, war schwer zu
verarbeiten. „Was bedeutet das für die Zukunft?“
fragt Malaïcka leise.

Marc sieht sie mit einem ruhigen, fast erwachsenen Ausdruck an. „Es bedeutet, dass wir bereit
sind, unsere wahre Rolle zu übernehmen und die
Aufgaben zu erfüllen, die uns zugewiesen wurden.
Wir sind hier, um euch zu unterstützen und
gemeinsam mit euch die Herausforderungen zu
meistern, die vor uns liegen.“

Die Worte ihrer Kinder lassen sowohl Malaïcka als
auch Ransom einen Moment lang sprachlos zurück. Es ist klar, dass ihre Familie vor großen Veränderungen steht, und sie würden gemeinsam lernen müssen, mit dieser neuen Realität umzugehen.
„Wir werden es schaffen“, sagt Ransom
schließlich, seine Stimme fest und entschlossen.

„Als Familie werden wir diese neue
Herausforderung annehmen und unseren Weg
finden.“

Malaïcka nickt, ihre Augen voller Zuversicht. „Ja,
als Familie werden wir es schaffen.

Sie atmet tief durch sie denkt dabei an ihre

Mutter Odile. „Bevor wir ihr alles erklären, müssen
wir sicherstellen, dass sie die Wahrheit versteht
und nicht in Panik gerät,“ fügt sie hinzu.
Die Verantwortung, ihre Mutter in das Geheimnis
einzuweihen, liegt schwer auf ihren Schultern.

„Odile hat schon so viel durchgemacht,“ sagt
Ransom sanft. „wir müssen vorsichtig sein, wie wir
ihr diese unglaubliche Geschichte näherbringen.“

Kapitel Fünfzehn

Die Reise geht weiter:

Malaïcka und Ransom stehen vor einer
ungewissen, aber faszinierenden Zukunft, fest
entschlossen, ihre Familie wieder zu vereinen.
Julienne und Marc, nun in ihrer wahren Gestalt
und mit außergewöhnlichen Fähigkeiten, wissen
mehr, als sie bisher preisgegeben haben. Was
geschah wirklich, als sie verschwanden? Welche
weiterer verborgenen Kräfte schlummern in ihnen?
Diese neuen Enthüllungen könnten das Schicksal
ihrer Familie für immer verändern

Malaïcka und Ransom möchten unbedingt
herausfinden, welche Anweisungen die Kinder
erhalten haben, da sie darüber nicht sprechen.
Wird ihrer Familie in dieser neuen Form bestehen
bleiben? Die Fragen und Unsicherheiten häufen
sich, und die Suche nach Antworten führt sie auf
einen Pfad voller Geheimnisse.

Ihre Welt hat sich für immer verändert, und jeder
Tag bringt neue Entdeckungen und Enthüllungen.
Die nächste Etappe ihrer Reise verspricht
unerwartete Wendungen und tiefe Einblicke in
das, was es bedeutet, ein Wächter der Schwelle zu
sein.

Die Reise von Malaïcka, Ransom, Julienne und
Marc ist noch lange nicht zu Ende. Die Nebel der
Vergangenheit und die Schatten der Zukunft
verweben sich zu einem unentrinnbaren Geflecht
aus Geheimnissen und Enthüllungen. Mit jedem
Schritt auf ihrem Weg öffnet sich ein neues Kapitel
voller Wunder und Rätsel, das die Grenzen des
Vorstellbaren sprengt.

Die Reise geht tatsächlich weiter – tiefer, dunkler
und faszinierender als je zuvor.
Bleiben Sie gespannt auf die Fortsetzung von
Malaïcka außergewöhnlicher Geschichte, wo die
Grenzen zwischen Realität und Magie
verschwimmen und jeder Moment von einer
mystischen Kraft durchdrungen ist.